내일은
다르기를
기대하는
너에게

내일은 다르기를 기대하는 너에게

일과 사랑, 사람이 어려운 MZ를 위한 인생 내비게이션

초 판 1쇄 2024년 06월 14일

지은이 송두리
펴낸이 류종렬

펴낸곳 미다스북스
본부장 임종익
편집장 이다경, 김가영
디자인 윤가희, 임인영
책임진행 안채원, 이예나, 김요섭, 임윤정

등록 2001년 3월 21일 제2001-000040호
주소 서울시 마포구 양화로 133 서교타워 711호
전화 02) 322-7802~3
팩스 02) 6007-1845
블로그 http://blog.naver.com/midasbooks
전자주소 midasbooks@hanmail.net
페이스북 https://www.facebook.com/midasbooks425
인스타그램 https://www.instagram.com/midasbooks

ISBN 979-11-6910-681-8 03810

값 18,000원

미다색北소는 다음세대에게 필요한 지혜와 교양을 생각합니다.

내일은
다르기를
기대하는
너에게

송두리 지음

일과 사랑, 사람이 어려운
MZ를 위한 인생 내비게이션

미다스북스

20대를 기억하며
30대를 되새기다

청춘은 세상의 어떤 책처럼 성장의 기회로 가득 차 있다. 한 페이지 한 페이지가 새로운 모험이다. 이 시기는 우리에게 새로운 꿈을 꾸게 하며 우리의 열정과 욕망을 불러일으킨다. 그것은 어려움과 열정, 꿈과 현실의 충돌이 깃든 시간이기도 하다.

우리는 스스로 매 순간 인생의 여정에서 가장 특별한 장면을 만들고 있다. 무한한 가능성과 순간들이 멀지 않은 곳에서 기다리고 있는 길이다. 잠깐 마주한 갈림길에서 헤매고 있을 나 아닌 또 다른 청춘에게 전하고 싶은 이정표를 담았다.

내일은 다르기를 기대하는 너에게

지금까지 청춘이라는 이름으로 순탄하지 않은 길을 걸어왔지만, 앞으로는 더 험난한 길이 우리를 기다리고 있을지도 모른다. 우리를 날려 버릴 예상치 못했던 시련이 언제 불어올지 모른다. 패기와 열정은 거친 바람 속에서 점차 희미해지고 가리우는 삶 안개 속에서 머나먼 목표보다 눈앞의 내일을 먼저 본다.

　때로 우리는 예상하지 못했던 길을 걷곤 한다. 하지만 그것이 틀린 길을 의미하지는 않는다. 이 에세이가 어느 청춘에게 다른 이정표가 될지 모른다. 하지만 비슷한 길 위에서 고민했던 나의 청춘이 공감되기를 바라며 잠시 쉼표를 찍어본다. 그리고 비슷한 고민을 함께하고 있는, 있을 우리 모두에게 짤막한 쉼표가 되기를.

목차

2. 어느덧 10년 차 K-직장인   / 커리어 /

3. 결혼 1년 차, 연애 11년 차 진행 중   / 사랑 /

6. 나도 돈을 많이 벌고 싶었다 　 경제관

1.

안녕하십니까,

신입사원

송두리입니다

EP.1

모두에게
시작은 막막하다

　나도 똑같이 막막했다. 자꾸만 외부에서만 이유를 찾으
려 했다. 2014년 대학 졸업을 앞두고 있었을 때였다. 아니
더 정확하게는 그다음 해인 2015년도 비슷했다. 사실 나
는 결정적인 순간에 운이 좋은 편이었다. 고등학교 3년 내
내 책보다는 뛰어놀고 친구들과 어울리기를 더 좋아했다.
그런데도 재수 좋게 서울에 있는 대학에 진학했다. 항상
시험을 치르면 잘 몰랐지만 찍었던 내용에서 좋은 점수가
나왔다. 그런데 그 운이 다했던 것일까? 학생 신분을 벗
고 사회로 진출하기 위한 준비는 그동안의 학생이었던 내
가 경험해 보지 못한 막막함이었다. 시간이 흐른 지금은
내가 취업을 준비하던 시기보다 훨씬 더 난이도와 벽이

높겠지만, 그 시기에도 절대 만만치 않은 벽이 눈앞에 있었다. 그때까지만 해도 대학 졸업장을 들고 근사한 곳에 취업하면 마치 인생의 성공을 맛본 것처럼 주변의 시선을 만끽할 수 있었다. 그리고 당시의 나도 그것이 삶 전부였다. 내가 가고 싶은 회사, 내가 하고 싶은 직무와 내가 일하고 싶은 분야는 고려하지 않았다. 그저 이름을 대면 들어 봤을 법한 회사, 남의 시선을 만끽할 수 있는 회사가 우선순위였다.

'경력만 뽑으면 신입은 어디를 갈 수 있나요?'

심심치 않게 이런 글을 보게 된다. 틀린 말은 아니다. 하지만 고용주인 회사의 처지에서 생각해 보자. 경력직은 기회비용이 크다. 고능력자를 데리고 온다면 업무상 리스크는 줄겠지만, 그만큼의 비용 지출을 감당해야 한다. 반대로 그러한 리스크를 감수하며 경력직을 데리고 왔을 때, 만약 그 사람이 기대만큼 업무 수행이 불가하다면 그 또한 회사의 입장에서는 큰 손실이다. 신입 채용은 어떨까? 상대적으로 업무상에서의 기회비용이 경력직과 비교하면 훨씬 덜하다. 당연히 신입인 만큼 업무는 가르쳐야하지만 즉각적으로 창출할 수 있는 업무상 가치가 상대적으로 낮으니 지출하는 비용도 비싸지 않다. 그럼에도 신입 채용 합격의 문턱이 더 높은 이유는 무엇일까? 그만큼 상대평가의 기준이 높기 때문이다. 업무 이력과 능력 검증의 수단이 낮다 보니 인적성을 포함해 조직 내에 빠르게 융화될 가능성을 보고 채용을 결정한다.

물론, 높은 스펙은 도움이 될 수 있어도 결정적인 역할을 한다고 보기는 어렵다. 나 역시 조직 내 리더의 위치에 올라 신입과 경력 채용을 모두 경험해 본 입장에서 그러하다. 많은 기업의 채용 프로세스는 대부분 비슷하다. 서류전형부터 면접과 인적성 검사까지 일부 특별한 절차가 있기는 하지만, 큰 범주에서 비슷한 이유는 최적의 인재를 채용하는 데 적합한 프로세스이기 때문이다.

사실, 많은 사회 초년생은 그동안 겪어보지 못했던 냉

정한 평가 앞에서 무력감을 느끼기 마련이다. 현재 업계에서 소문난 경력자라도 시작은 모두 비슷했다. 우리는 그들의 시작이 어떠했는지 자세히 살펴볼 필요가 있다. 그리고 그들의 노하우를 적극 흡수할 필요가 있다. 채용의 프로세스가 10년, 20년 동안 크게 바뀌지 않는 것처럼 지원자를 뽑는 시야와 눈도 크게 달라지지 않았기 때문이다. 즉, 인사결정권자에게 시간을 돌려 같은 사람을 뽑겠느냐고 물어보더라도 같은 선택지에서 결정이 크게 달라지지 않을 것이다.

나를 포함한 그들의 노하우는 어떠했는지, 지금의 위치까지 올라올 수 있었던 비결을 이야기하며 공감해 보려한다. 단순히 스킬에 대한 내용이 아니다. 아무리 현란한 스킬을 갖추더라도 수많은 지원자가 거쳐 간 인사평가자의 눈에는 뻔히 보이기 때문이다. 돋보일 수 있는 스킬은 예외에서 빛이 난다. 노하우를 갖춘 스킬이야말로 서류와 면접에서 돋보인다는 의미이다. 공감을 형성해 보자.

처음이라는

모험의 문.

떨리는 발걸음은

멈추지 않는다.

작은 떨림이

커다란 발자국이 되기를.

EP.2

성장하기 위해
포기했다

　10년 전, 취업을 준비하면서 가장 어려웠던 점은 "과연 내가 정말로 하고 싶은 일이 무엇인가?"에 대한 답을 찾는 것이었다. 그리고 이 내용은 "내가 사회에 나가 어떤 사람이 되고 싶은가?"에도 귀결된다. 나는 특출나지 않다고 생각했다. 고등학교 학창 시절에는 공부보다는 노는 것이 아주 좋았다. 대학에 진학했다고 해서 노는 것을 좋아했던 학생이 한순간에 마음을 다잡고 공부에 매진하기에는 쉽지 않았다. 그리고 군대를 제대한 뒤 3학년이 되었을 때 나에게 직면한 현실이 체감되었다.

　아마 그맘때쯤 학교의 동기나 주변의 친구들이 한두 명

　내일은 다르기를 기대하는 너에게

씩 취업에 성공하며 조급함을 더 느꼈던 것으로 기억한다. 위기감이 생기니 주변 사람들과 세상을 보는 눈도 조금씩 달라지기 시작했다. 고학번의 선배가 소주 한 잔에 들려주는 학창 시절 이야기보다는 빠르게 취업에 성공해 들려주는 조직 생활의 민낯이 조금 더 마음에 다가왔다. 2년 동안 들추어 보지도 않았던 전공책을 꼼지락거리면서 불안한 줄타기를 하기 시작했다. 하지만 생각의 전환이 삶의 변화를 끌어내지는 않았다. 확실히 무언가 변화가 필요했다.

우선 내가 좋아하는 것을 하나둘 포기하기 시작했다. 매일 밤 가는 줄 모르게 즐겼던 게임은 계정을 삭제하고 불필요한 술자리도 최대한 줄였다. 제대 후 손도 대지 않았던 운동도 다시 시작했다. 그리고 2년 동안 밀려 있던 학점도 빠르게 채우기 시작했다. 학교에서 여러 정보와 학습된 지식을 쌓을 수 있을지언정 결국 사회로 나가 경제활동을 해야 했다. 학교라는 공간은 그 행위를 하면서 나의 가치를 만들어 나가기에 좁은 우물이었다. 주변 친구들이

스펙을 위해 복수전공과 자격증 준비를 하고 있을 때, 나는 어떻게든 최대한 빠르게 학교를 졸업하기로 했다.

그 당시의 졸업반의 풍경은 대부분 비슷했다. 스터디를 꾸려 취업을 준비하다 취업에 성공하면 졸업을 맞이하고, 졸업하지 못하는 사람은 각 학과의 화석과 고인물로 남았다. 무엇보다 나는 세상에 뒤처지고 싶지 않았다. 가장 정상에 오르지는 못하더라도 늦춰지는 것이 너무 싫었기에 아무런 결정 사항 없이 졸업을 결정했다.

나름 마음의 준비는 되었다고 생각했지만, 현실은 내가 생각했던 것보다 훨씬 더 차갑고 냉혹했다. 한편으로는 세상에 이렇게 좋은 스펙을 가진 사람과 날고 기는 사람이 많다는 것도 그 당시에 처음 알게 되었다. 낯설기는 했지만 금방 현실을 받아들였다. "내가 현재 갈 수 있는 회사는 어느 정도 정해져 있구나." 자본주의는 참 냉정하면서도 단순하다. 가치가 낮으면 팔리지 않는다. 그리고 그 가치는 스스로 만들어 간다. 그렇게 내가 처음으로 합류했던 회사는 블로그 마케팅을 하는 바이럴 대행사였다. 순수한 사회 초년생의 생각에는 학창 시절 때 광고 동아리를 경험했으니 광고 산업의 커리어를 쉽게 쌓을 수 있다고 생각했다. 큰 어려움 없이 면접에 합격하고 첫 출근날 어머니께서 문 앞까지 배웅해 주시던 그 모습이 아직도 생생하다. 하지만 현실은 기대와 많이 달랐다.

첫 출근 날, 내가 기대했던 멋들어진 광고 문구를 고민하고 제안서를 만드는 모습은 없었다. 모두가 전화기를 붙들고 1시간 동안 수십 통의 전화를 돌리고 있었다. 나는 이렇게 사람도 공장의 기계처럼 전화를 돌릴 수 있다는 것을 처음 경험했다. 그래도 하지 않을 수는 없었다. 간략한 업무 교육을 받고 바로 실전에 투입되었다. 입사 첫날부터 영업 전화를 돌리는 영업 사원으로 배정되었다. 그리고 입사 3일 차까지 돌렸던 전화는 약 100여 통. 성사시킨 캠페인은? 당연히 0개였다. 직업에 귀천은 없다. 하지만 모두가 멋진 제안서를 작성하고, 모두가 인정하는 한 줄짜리 카피 문구만 작성하고 있지는 않다. 누군가는 이렇게 전화를 돌려야 한다. 그때 명확하게 생각했다. "나는 더 성장하고 싶다."

100은
99의 다음 숫자.

1부터 99를 세지 않으면
100은 없다는 것.

한 번에 100이
될 수 없음을.

내일은 다르기를 기대하는 너에게

EP.3

나는 누구인가?

    이미 성공을 맛본 선배에게 취업 준비의 시기는 과거 회상에 가깝다. 미디어에서는 하루에도 숱하게 여러 기업의 인재난이 쏟아지지만, 주변에서 취업을 준비하고 있는 후배의 이야기를 들어보면 시간이 흐르면 흐를수록 취업난이 체감된다. 당연히 상대적인 기준점이 있겠지만, 냉정히 보더라도 내가 취업을 준비했을 당시의 10년 전과 비교하면 지금 취업의 문턱이 상대적으로 높아 보인다. 곰곰이 생각해 보면 구직자의 수준도 훨씬 높아졌다. 종종 면접관 자격으로 면접을 보거나 신입사원으로 합류하는 후배들을 보면 업무에 대한 이해도가 매우 높다. 업무를 수행하기 위한 툴 사용, 제2외국어, 시장 분석 등 어떤 면에 비추어 보더라도 그 능력이 출중하다. 절대적인 수치로 일반화할 수 없지만, 현업에서 느끼는 체감은 분명히 그러하다.

우리나라의 격변기라 불리는 1980~1990년대에는 대학 졸업장이 곧 구직자의 능력을 나타내는 지표였다. 대학 졸업장만 있다면 원하는 기업을 골라갈 수 있을 정도였다. 2000~2010년대에는 어땠을까? 내가 취업을 준비하던 당시에는 대학 졸업장만으로는 승부를 보기 어려웠다. 비로소 대자격증의 시대였다. 대학 졸업장 외에 나의 기술을 보여줄 수 있는 자격증 취득에 혈안이 되었다. 영어 능력을 대변하는 토익과 토플 같은 시험은 취업을 준비하는 모든 준비생에게 필수 코스나 다름없는 과정이었다. 적어도 대기업을 준비하는 친구들이라면 적게는 3개, 많게는 5개 이상의 자격증을 취득했었다. 점점 취업의 문턱이 높아지면서 구직자의 눈도 자연스럽게 올라가기 시작했다.

그렇다면 채용하는 기업은 어떨까? 구직자의 상향 평준화에 따라 기업의 기준도 자연스럽게 높아졌다. 심지어는 상향하는 속도가 무척이나 빨라서 그 속도에 발맞추어 가기 점점 더 어려워지고 있다. 결국에는 다른 취업 경쟁자가 그러하듯이 대학 졸업장을 따고 자격증 수를 늘려가는 것이 핵심이 아니라는 의미이다. 그럼 대체 이 어려운 취업의 문을 열기 위해서는 어떤 전략을 써야 할까?

첫 번째, 나를 정확하게 알아야 한다

흔히 많은 사람은 자신에게 매우 관대하다. 객관적인 기준 이상으로 나에게 관대하거나 내가 달성한 업적에 대해 상대적으로 평균 이상의 평가를 준다. 냉정해질 필요가 있다. 내가 쓴 자기소개서와 이력서, 포트폴리오, 그리고 면접을 모두 스스로 평가한다면 문제가 되지 않는다. 하지만 다른 사람이 나를 평가한다. 그렇다면 다른 사람의 눈높이에서 내가 구직자로 어떤 매력이 있는지 살펴보아야 한다. 현재 어떤 기술을 현재 가지고 있고, 앞으로 가질 수 있는 가능성이 있는지 말해야 한다. 내가 다른 경쟁 지원자와 비교할 때 반드시 뽑혀야만 하는 이유가 있어야 한다.

절대 스펙을 강조하려는 의미가 아니다. 어려운 스펙을 쌓으라는 말이 아니라 지금 내가 가지고 있는 스펙을 다른 사람의 시선으로 정확하게 객관화하라는 의미이다. 흔히 이야기하는 스토리텔링과 일맥상통한다. 스토리텔링이란 곧 계획이다. 나의 밑그림을 그리는 것이다. 채용 담당자에게 당신이 하나의 스토리로 보일 수 있도록 해야 한다. 스토리를 읽는 사람이 그 스토리 안에 우리 회사가 들어가도 좋겠다는 생각이 든다면 그다음 결과는 굳이 말하지 않아도 알 수 있다.

두 번째, 내가 어디로 가고 싶은지 알아야 한다

조그마한 한국 땅에도 수많은 회사가 있다. 국내에 존재하는 주식회사는 2022년 기준 약 40만 개이고 그 중 상장회사는 약 2,000개가 조금 넘는다. 규모와 업종의 차이는 있겠지만 취업할 회사가 없어서 가지 못한다는 말은 변명으로 들린다. 업종의 차이는 있겠지만, 회사의 전반적인 구조는 모두 비슷하다.

크게는 돈을 벌어오는 조직, 돈을 쓰는 조직, 솔루션 조직 3개로 구분이 된다. 1차로 업종을 선택해야 한다. 이미 1차 기준에서 많은 리스트가 정리된다. 2차로 조직을 선택한다. 돈을 벌어오는 조직은 영업 부서를 생각하면 된다. 외부에 나가서 사람을 만나고 새로운 사업을 마주하며 기회를 창출하는 조직이다. 돈을 쓰는 조직은 홍보와 브랜딩에 기반을 둔 마케팅에 가깝다. 제조업과 플랫폼을 기반으로 하는 회사라면 개발조직도 돈을 쓰는 조직에 가깝다. 마지막으로 솔루션은 기업의 제원이 원활히 움직일 수 있는 매개체이다. 인사, 재무, 경영, 법무 등의 조직이 솔루션 부서라고 칭할 수 있다. 2차 기준까지 정리된다면 적게는 수십 개, 많아도 백 개 내외에서 나만의 리스트가 정리된다. 크게 어려운 과정이 아님에도 벌써 40만 개에서 100개 내외의 리스트로 추려졌다. 추려진 리스트로는 최적의 회사를 위한 스터디가 필요하다. 구체적으로 어떤

스터디가 필요할까?

되물어본다.

나는 누구인가?
나는 무엇을 할 수 있는가?
나는 무엇을 잘하는가?

EP.4

회사는 어디인가?

오늘도 내 몸에 꼭 맞는 회사를 찾고 있다. 예나 지금이나 변함없는 것이 있다면 취업도 정보력에 따라 결괏값이 무수히 바뀐다는 점이다. 세상을 앞서 나갈 수 있는 인재라면 내가 굳이 찾아보지 않아도 기업이 알아서 모셔간다. 아쉽게도 그런 기회가 많은 사람에게 주어지지 않는다. 과거에는 구할 수 있는 정보가 없어 한정적이었다. 하지만 지금은 다르다. 오히려 너무 정보가 많아 스스로 선별할 수 있는 안목을 가져야 한다. 언론의 기사나 커뮤니티, 채용사이트를 통해 정보를 얻는다. 요즘 같은 세상에 평생 회사는 없다지만 그래도 내가 최소 수년 이상 다닐 곳이다. 무조건적인 취업도 좋지만 최소한의 애사심을 가질 수 있는 회사라면 금상첨화이다. (하지만, 이렇게 몸에 꼭 맞는다고 생각했던 회사라도 막상 들어가면 맞지 않는 경우가 허다하다.)

취업 준비를 하면서 가장 간과하는 것이 있다. 취업에 성공한 후 주말을 제외한 (혹은 주말까지 포함해) 내가 가장 많은 시간을 보내야만 하는 장소가 회사라는 것이다. 일반적으로 직접 체감되는 연봉 정보는 많은 구직자가 궁금해하면서도, 사무실의 위치나 현금성 혜택에 해당하는 상세 복리 후생에 관해서는 관심이 조금 부족하다. 그중에 취업이나 이직 시에 가장 와닿았던 정보만 추려서 소개해 보자면 다음과 같다.

첫 번째, 사무실 위치

요즘 많은 대기업이 주요 지역에 거점 오피스를 둔다. 그만큼 오피스의 위치는 회사 생활에 너무 중요한 요소이다. 출퇴근 시간 30분에 따라서 인생의 윤택함이 달라진다는 말이 있을 정도로 회사의 위치는 중요하다. 심지어

내일은 다르기를 기대하는 너에게

많은 현직자는 연봉이 조금 줄어들더라도 회사에서 1시간 이내로 출퇴근할 수 있다면 그것을 선택할 정도이다.

두 번째, 복리 후생

일반적으로 직원 복리 후생은 업계의 선두주자를 따라가는 경향이 강하다. 복리 후생도 정말 여러 분야로 나뉜다. 그중에서도 가장 눈여겨보아야 할 복리 후생은 현금성 복지이다. 개인 생활에서 비용이 나가는 항목을 회사가 지원해 준다면 같은 연봉을 받더라도 비용적으로 훨씬 더 아낄 수 있다. 개인적으로 가장 체감했던 복지는 중식과 석식 지원, 통신비, 교통비 지원이었다.

세 번째, 경험

지원하고자 하는 회사의 서비스나 제품을 한 번도 경험해 보지 않고 지원하는 경우가 많다. 생각보다 놀랍다. 예컨대, 입사를 희망하는 회사가 '쿠팡'이다. 쿠팡의 배송 컨디션과 재고 현황을 고객의 관점에서 체감하고 그 소감을 업무적으로 풀어낼 수 있어야 한다. 특히, B2C 기반의 서비스와 재화를 제공하는 기업이라면 더욱 그래야만 한다. 직접적인 경험 없이 지원한 지원자의 이력서로는 면접의 기회를 잡기 힘들다. 이력서는 나를 보여주는 글이기도 하지만 내가 얼마나 이 회사에 관해 공부를 많이 했는지 어필하는 글이기도 하다.

기업은 당연하게도 매출과 비용이 발생하고 이에 따라 영업이익과 손실이 발생한다. 우리는 한 직장에 다니며 노동력의 정당한 대가인 급여를 받기 위해 구직 행위를 한다. 기업의 내실보다는 겉으로 보이는 이름값이나 외형적 성장에 눈높이를 맞추는 취업 준비생도 많이 보아왔다. 금융감독원에서 운영하는 전자공시 시스템인 'DART'(전자공시시스템)에는 국내 대부분 기업의 재무제표와 감사자료 등을 포함한 경영 활동 정보가 모두 포함되어 있다. 모든 회사를 하나씩 살펴보면서 공부하기는 어렵다.

적어도 내가 입사하고자 하는 회사의 기업 경영 정보는

살펴보는 것이 좋다. 재무제표를 보는 것이 익숙하지 않다면 '유동자산'을 상세히 보자. 결국, 나에게 급여를 주는 자산은 유동자산에서 발생한다. 쉽게 이야기하면 회사의 금고에 얼마나 많은 현금을 보유하고 있는지 알 수 있는 지표이다. 유동자산 중 현금 및 현금성 자산이 금액이 높다면 그만큼 현금 보유량이 많은 회사라고 판단할 수 있다. 급여를 포함한 현금성 복리 후생이 아주 박하지는 않을 가능성이 높다.

회사의 유동자산 보유량이 나의 연봉과 복리 후생과 직결되지는 않겠지만 곳간에서 인심 나온다는 말이 있다. 현금 보유량이 많은 회사는 그만큼 직원에게도 후하다. 포괄 손익계산서도 있다. 작년 같은 기간 대비한 비교 수치이다. 이 표를 본다면 1년 내 같은 기간 동안 얼마나 많은 매출을 달성했고(영업수익), 얼마나 큰 비용을 지출하여(영업비용), 회사의 순이익과 손실이 얼마나 되는지 한눈에 볼 수 있다(영업이익과 손실). 회사가 어떤 곳에 비용을 적극 투자했으며 매출 성장은 어느 정도를 달성했는지, 또 어떤 장기적 비전을 가지고 있는지 가늠할 수 있는 것이다.

　회사의 성장이 곧 나의 성장은 아니다. 하지만, 성장하는 회사에서는 나의 성장에 도움을 받을 수 있다. 회사가 구직자를 선택할 수 있듯이 구직자도 회사를 선택할 수 있는 안목이 있어야 한다. 그리고 안목을 기를 수 있는 정보는 생각보다 충분하다.

　다른 것은 민감한데
　내가 몸담을 회사에는 왜 이렇게도 관대한지.

　그저 돈만 버는 곳이 아님을.

　　　　　　내일은 다르기를 기대하는 너에게

EP.5

나는 정말
이것이 아니면 안 된다

　현업의 생동감을 꼭 체감해야 한다. 인생을 살면서 가
장 혼란스러웠던 시기를 되돌아보면 취업 준비했던 때가
먼저 떠오른다. 비교적 취업 준비를 오래 했던 것은 아니
나 막연한 불안감과 불투명한 현재와 미래를 걸어가는 하
루하루가 쉽지 않았다. 일찍 군 복무의 의무를 마치고 다
시 사회로 돌아왔을 때 한 달 동안 아무 생각 없이 쉬고,
먹고, 노는 그 삶이 너무 행복했다. 매일 놀아도 나에게는
핑크빛 미래가 펼쳐질 것만 같았다.

　그러다 문득 학교에 복학하니 핑크빛보다는 회색빛에
가깝다고 느껴졌다. 이미 동기였던 친구들은 먼발치로 앞

서가는 듯했다. 경쟁에서 낙오되었다는 강박은 자신을 너무 조급하게 만들었다. 그 시기 한창 대학가를 중심으로는 스펙을 쌓기 위한 대외 동아리가 참 많았는데 정말 우연히 친구의 도움으로 광고 동아리에 가입했었다. 전공과는 너무 다른 분야였지만 그래도 광고는 나에게 짧은 시간 내 큰 흥미를 제공해 주었다. 비슷한 나이대의 친구들과 머리를 싸매고 치열하게 고민하고 결과물을 내는 과정이 짜릿하기까지 했다. 동아리는 매주 토요일 4시간 동안 진행됐고, 내가 가장 좋아했던 프로그램은 현업자의 목소리를 들을 수 있는 '전체스터디' 라는 프로그램이었다.

이론이나 비슷한 또래와의 대화는 학교 안에서도 충분히 할 수 있었다. 하지만 광고 현업에서 일하는 선배의 이야기를 들을 기회는 정말 흔치 않았다. 매주 1회씩 거의 2년 동안 전체스터디를 들었다. 100명이 조금 안 되는 현업자로부터 현장의 이야기를 들을 수 있었다. 취업 준비에 가장 중요한 요소가 무엇이라고 생각하는가? 스펙? 포트폴리오? 어떤 것도 가볍게 치부하기는 어렵다. 그럼에도, 취업 준비 과정에서 가장 중요한 한 가지만 꼽으라고 한다면 나는 주저 없이 현업자와의 만남을 고르고 싶다. 이유는 명확하다. 현업자는 우리가 그토록 원하는 취업에 성공한 사람들이다.

가능성을 따져보자. 목표를 달성한 그들의 준비 과정과 노력을 간접적으로 접하고 그것을 실천에 옮기면 나의 가능성도 자연스럽게 올라갈 수밖에 없다. 현업자가 가진 정보도 절대 무시할 수 없다. 회사의 복지, 면접의 난이도, 인재상, 근무 환경까지 취업에 필요한 모든 정보를 현업자를 통해 빠르고 정확하게 알 수 있다. 하지만 우리는 보통 현업자가 가진 방대한 정보를 외면한다. 취업을 위한 스터디는 준비하면서 현업자를 만나는 것은 어려워한다. 운이 좋게도 나는 동아리 활동을 하면서 광고 업계에서 종사하고 계신 많은 분과 교류할 수 있었고 자연스럽게 광고와 광고업 자체에도 큰 관심을 두었다. 조금 더 현장의 살아있는 이야기를 듣기 위해 발 벗고 나서서 취업에 성공한 선배들을 찾아 나섰다.

경험자와의 만남도 처음부터 쉽지는 않았다. 어떤 것을 물어볼지 스스로 정리되지 않은 상태였다. 당연히 막연하게 궁금했던 연봉 정보나 회사 처우를 먼저 물어보았다. 두세 분의 현업자를 만나본 뒤에야 어떤 질문을 해야 할지 구체적으로 그려졌다. 첫 번째로 회사에 대한 정보를 얻을 수 있고 두 번째로 업무와 관련한 정보를 얻었다. 취업을 준비하면서 회사에 대한 정보보다는 업무 전반에 대한 정보를 얻어가려 했다. 우리는 인생에서 처음으로 취업을 준비하고 있는 처지다. 회사도 나를 선택하지만 반대로 지원자인 나 역시 회사를 선택해야 한다. 내가 어떤 분야와 업종을 선호하는지 고민하고 내가 회사를 선택할 수 있는 명확한 기준을 마련해야 한다. 그리고 명확한 기준을 마련하기에 현업에 종사하는 사람을 만나는 것만큼 유리한 것이 없다.

대부분의 회사에서 신입사원이 할 수 있는 일이란 크게 다르지 않다. 당장의 업무도 좋지만, 회사에 대한 정보를 구해보려 하자. 예를 들어 대략적인 연봉 테이블이나 포괄임금제, 인센티브와 같은 급여 구조에 대한 궁금증도 좋다. 연차나 비용 지출과 같은 업무 외적인 처우에 대한 호기심도 좋다. 취업을 준비하는 후배를 만나면 가장 많이 듣는 질문이 워라밸(Work & Life Balance)이다. 현업 자를 통한 워라밸 정보는 사실 무의미하다. 소속된 팀이나 부서 현황에 따라 워라밸이 달라지기도 하지만, 워라밸은 온전히 주관적이면서도 자기 의지로 설정 가능한 영역이기 때문이다. 즉, 임의로 개선할 수 없는 환경적 요인 앞에서도 워라밸은 자신의 노력과 계획에 따라 충분히 가변적인 결과이다.

따라서 우리가 현업자를 만날 때는 회사를 선택하기 위해 어떤 질문을 던질 것인지 사전에 정리하고 그 질문이 환경적인 요소인지 개인의 의지적 요소인지를 분명하게 구분할 필요가 있다. 조금만 생각을 바꾸면 된다. 회사가 나를 선택하는 것이 아니라 내가 회사를 선택하는 것. 그리고 그것을 위해 나는 어떤 사람을 만나야 하는지도 생각하면 된다.

처음 가는 이 길이

낯설게만 느껴진다면

지극히 정상이다.

조금은 다르겠지만

틀린 길로 안내해 주지 않을

내비게이션을 만나다.

내일은 다르기를 기대하는 너에게

EP.6

경력직만 뽑으면
신입은 어디로?

"전부 경력직만 뽑으면 신입은 어떻게 경력을 쌓나요?"

한때 많은 커뮤니티에서 유행처럼 떠돌았던 말이다. 코
로나 이후 거시적 관점의 경기 침체는 채용 시장도 얼어붙
게 하였고 기업은 경력직을 찾았다. 신입을 채용하더라도
인턴십이나 사회 경험이 있는 중고 신입을 선호했다. 자연
스럽게 취업 준비생 사이에서는 취업의 어려움을 토로하
는 말로 통용되었다. 실제로 현업에서 체감하기에도 대기
업의 공채가 아닌 이상 신입보다 경력직의 채용 비중이 훨
씬 더 높기도 하다. 경력직은 정규 채용이 아닌 상시 채용
이 열리는 만큼 신입직에 비해 상대적으로 기회가 많다.

신입이 경력직과 유사한 경력을 쌓기는 불가하다. 그래서 우리는 인턴십에 눈을 돌린다. 어떤 인턴십이 취업에 유리하고 특별한 장점이 있다고 정의하기는 힘들다. 기업의 규모가 클수록 채용하는 포지션의 범위가 너무 넓다. 지원자가 지원할 수 있는 회사도 너무 많기도 하다. 그래서 우리는 10년 단위의 포트폴리오와 계획 수립이 필요하다. 최소한의 목표가 필요하다는 말이다. 10년 동안 어떤 커리어를 만들어갈지 스스로 충분한 고민이 있어야 한다. 당연히 미래의 일은 누구도 예측할 수 없고 어떠한 일이 벌어질지도 모른다. 나만의 범위가 있어야 한다. 그래야만 커리어 중 변수가 생기더라도 능동적으로 대처할 수 있다.

실제로 내 커리어의 시작은 취업에 대한 간절함에서 시작했다. 특정 회사를 가야 한다는 생각은 없었다. 노동력과 시간을 들여 1개월을 생활하고 그에 상응하는 월급을 받을 수 있는 곳이면 어떤 회사도 마다치 않았다. 그래서 단기 파트타임 경험이 많고 똑같은 지원서를 여러 회사에

제출하기도 했다. 누구보다 빠르게 일을 하고 싶고 배우고 싶었다. 그래서 간절함이라면 남부럽지 않았다. 하지만 간절함의 표출 방식이 조금은 달랐다. 보이는 채용공고마다 그저 보유하고 있는 스펙을 최대한으로 포장하여 지원 수를 늘리는 것이 간절함의 표출이라고 생각했다.

최고의 스펙은 과연 무엇일까? 회화점수, 해외 경험, 인턴십, 자격증 모두 포함된다. 하지만 현장에서 먹히는 최고의 스펙은 깊이다. 취업을 준비하는 중에만 파 내려갈 수 있는 깊이가 분명히 있다. 지원하고자 하는 회사와 포지션에 대해서 얼마나 깊이 있게 고민해 보았는가? 지금까지 10년 동안 4개의 회사를 거치면서 총 3번을 이직했다. 돌이켜보면 첫 시작에 대한 깊이가 없었기 때문에 잦은 이직을 했었다.

나와 비슷한 시기에 취업했던 지인 중에 10년 이상 한 회사에서 근속하고 있는 사람도 있다. 회사의 규모나 복지, 지출 규모를 포함한 취업 이후의 결과 때문일 수도 있다. 하지만 그는 분명히 취업 과정에서 치열하고 깊이 있게 한 회사만을 위해 준비했다. 직접 눈으로 보고 귀로 들었던 깊이감으로 볼 때 자신이 써 내려간 과정이 취업에 큰 비중을 차지했음은 절대 부정할 수 없는 사실이다. 그것이 나의 아이덴티티가 될 수 있다.

가끔 면접관으로 면접에 참석해 이렇게 준비된 지원자를 만날 때가 있다. 자연스레 면접에 집중하고 준비 과정에 걸맞은 깊이 있는 질문을 꺼내게 된다. 말랑한 사고방식을 가진 신입 지원자에게도 늘 배운다는 마음가짐으로 면접을 본다. 깊이 있게 파고들고, 거기에 대한 내 생각을 붙이고 자신의 방향을 제시할 수 있는 사람. 그리고 이것은 서류 지원이나 면접에만 국한되는 이야기는 아니다. 아직도 망설이고 있는가? 첫 삽을 떠보자. 최대한 깊이 있게 파고 내려가 보자. 그 끝이 어디인지는 아무도 모른다.

내일은 다르기를 기대하는 너에게

노력하지 않는 것이 아니다.

잘못된 노력을 하고 있을 뿐.

나만 알아주는 노력은

노력이 아니다.

진정한 노력의 끝은

남이 먼저 알아준다.

EP.7

내가 나를
뽑고 싶어야 한다

　취업의 지원 서류는 모든 지원자의 공통적 고민이다. 1,000자 내외로 취업에 대한 열정이 간절한지, 많은 경험을 준비했는지 보여주는 것은 항상 너무 어려운 일이다. 더군다나 지원하는 모든 기업에 공통 문항이 있는 것이 아니다. 매번 지원서의 새로운 작성이 부담스럽게 다가온다. 그중에서도 지원 서류를 검토하는 면접관의 시선을 사로잡는 지원 서류가 있다. 면접관으로서 면접을 진행하기도 하고 반대로 면접자로 면접에 참여해 본 경험을 살려 어떤 서류가 매력적으로 보이는지 이야기하려 한다. 지원 서류의 구조에 대해서 살펴보아야 한다. 회사의 지원 서류는 경력과 이력을 적는 이력서와 정해진 문항에

　　　　　　내일은 다르기를 기대하는 너에게

답변을 달아 지원자를 소개하는 자기소개서로 크게 구분된다. 포트폴리오를 덧붙이기는 하나 이번 주제에서는 이력서와 자기소개서를 중심으로 이야기해 보겠다.

첫 번째, 우리가 입사 지원을 신청할 때 처음으로 마주하는 것이 개인 신상과 학력 사항, 그리고 경력 사항이다.

해당 사항은 특별히 깊은 고민이 필요하지는 않다. 대신 학력 사항에 포함되는 성적은 절대 허위가 있어서는 안 된다. 너무 상식적이지만 가끔 공란에 대한 강박관념을 가지고 있는 지원자가 있다. 마치 기재란을 비우면 학력이나 경력이 부족해 보이고, 이것이 서류 심사 결과로 이어질까 걱정하여 허위 사실을 기재하거나 기존의 학력과 경력을 부풀려 기재하는 경우가 그렇다. 뒤이어 이야기할 어떤 내용보다 중요하다. 절대 이력에는 거짓이 있어서는 안 된다. 과감하게 비워보자. 내가 가진 다른 장점으로 채우면 된다.

두 번째, 자격 사항과 어학 사항이다.

기본 사항을 적고 나면 어학 사항과 자격 사항을 요구한다. 우리는 매번 어학이나 자격이 취업에 대단히 큰 변수 요인이 된다고 생각한다. 어학 능력이나 특정 기술을 요구하는 직업에서는 중요한 요소가 맞다. 하지만 대부분의 포지션에서는 플러스 요인일 뿐 서류의 합격 여부를 결정할 핵심 요소는 아니다.

면접관으로서 서류를 검토하다 보면 포지션에 적합하지 않은 자격증을 마치 자랑하듯이 5~6개씩 적어 놓은 지원자들을 심심치 않게 볼 수 있다. 면접관도 한때는 당신처럼 간절한 지원자였다는 사실을 명심해야 한다. 그들도 취업을 위해 열심히 스펙을 쌓고 그 스펙을 위해서 어느 정도 수준의 노력과 시간이 필요하다는 것을 분명히 알고 있다. 만약 필요에 의해 자격증을 취득했다면 스토리를 만들어보자. 어떤 이유와 목적으로 자격증을 취득했으며 그 자격증을 따기 위해 무슨 노력을 곁들였는지 말이다. 다른 사람의 취득 과정과 무엇이 달랐는지 말해도 좋다. 자랑하듯이 늘어놓는 자격증과 어학 점수는 더 이상 취업시장에서 먹히기 어렵다. 생각보다 내가 가진 자격증은 시장에서 경쟁력이 높지 않다.

세 번째, 기타 사항에는 취미와 특기란이 있다.

이 항목에 생각보다 많은 신입 지원자가 의미를 부여한다. 하지만 이렇게 생각해 보자. 신입 지원자는 검증할 수 있는 경력이 없다. 그래서 취미와 특기는 사실 면접자보다는 면접관을 위한 질문에 가깝다. 알 수 있는 정보에 제한이 있으니, 질문거리를 만들기 위한 항목이다. 가끔 취미로 스토리텔링 하여 입사 동기나 입사 후 포부를 작성하는 지원자도 볼 수 있는데 군이 추천하고 싶지 않다. 지원서의 실패로 이어질 수 있는 가장 큰 원인은 '억지스러움'이라는 점을 명심해야 한다. 제출 전 내가 다시 읽더라도 자연스럽지 않다면 차라리 솔직하게 작성하자. 다양성이 인정받는 세상이다. 잘 보이기 위한 문서지만 잘 보이기만 해서는 선택을 받기 어렵다.

　이제 자기소개서 차례. 평소에 다른 사람의 글을 많이 읽어보아야 한다. 많은 입사 지원자가 자기소개서를 어려워하는 이유는 모든 회사마다 양식이 다르고 요구하는 내용도 다르기 때문이다. 깔끔한 지원서로 보일 수 있는 팁을 알고 자기소개서의 항목마다 어떤 의미를 담고 있는지 숨겨진 의미를 눈치채면 조금 더 지원서 작성에 대한 부담을 내려놓을 수 있다.

상세 경력 기술

　업무 경력이 많은 경력직이나 신입직 지원 모두 적용되는 공통 사항으로 넘버링을 꼭 짚고 싶다. 다른 사람이 쓴 글이나 책을 읽을 때 본문부터 바로 읽지 않는다. 일반적으로 목차부터 가장 먼저 살펴본다. 목차를 보면 전체 글의 절반을 읽었다고 해도 과언이 아닐 만큼 전체 내용에 대한 핵심이 압축적으로 들어가 있기 때문이다. 목차를 눈에 띄게 해주는 글쓰기의 스킬은 넘버링이다. 채용 면접관들은 하루에도 수십 개 혹은 수백 개의 똑같은 문서를 들여다보는 사람이다. 아무리 일목요연하게 글을 작성하더라도 넘버링 스킬보다 더 깔끔하고 정돈된 메시지를 주기 힘들다.

예시 1)

저는 학창 시절 광고 동아리의 일원이었습니다. 광고제에 햄버거를 주제로 광고를 출품하여 우수상을 받은 이력이 있습니다. 그뿐만 아니라 광고회사에서 주최한 공모전에 출품하여 장려상에 입상한 경험이 있습니다.

예시 2)

1. 대학생 광고 동아리 회원

2. 광고제 출품, 우수상 입상

3. 광고회사 대학생 공모전 장려상 입상

2개의 예시는 똑같은 내용이다. 일반적으로 마케팅이나 광고 포지션에 입사 지원서를 내는 지원자가 흔히 경력란에 쓸 수 있는 내용이다. 본인이 면접관이라고 생각해 보자. 짧은 시간 안에 압축적으로 내용을 검토해야 하는 면접관에게 넘버링으로 정렬된 내용은 가독성을 높이고 한 번이라도 보고 싶은 마음을 불러일으킨다. 많은 사람에게 순서와 정렬에 대한 욕구가 있기 때문이다.

다음으로는 숫자의 적극적인 사용이다. 학생과 회사원의 가장 큰 차이는 숫자에 있다. 당연히 학생도 학기마다 평가받고 학점이라는 굴레에 얽매이지만, 회사원보다 숫자의 압박이 상대적으로 약하다. 면접관 역시 높은 확률로 숫자와 매우 밀접하게 연결이 되어 있다. 최대한 객관적인 기준을 가지고 서류를 평가하겠지만 냉정하게 숫자로 본인을 소개하고 PR하는 지원 서류에는 한 번 더 눈길이 간다.

예시 1)
1. 대학생 광고 동아리 회원
2. 광고제 출품, 우수상 입상

내일은 다르기를 기대하는 너에게

3. 광고회사 대학생 공모전 장려상 입상

예시 2)

1. 대학생 광고 동아리 2년 활동, 활동 기간 중 10개의 광고 공모전 출품

2. 대표 입상 공모전: 광고제 우수상, 광고회사 대학생 공모전 장려상 입상

3. 대표 광고 콘텐츠 유튜브 조회 수 500,000회, 인스타그램 좋아요 1,000개, 공유 500개

서류를 검토하는 면접관은 우리가 합격하면 실무를 보고할 대상이다. 실무의 기본은 보고다. 그리고 보고의 기본은 숫자다. 숫자에는 거짓말이 없기 때문이다. 지원자의 경험과 경력을 수치화해서 글로 옮겨보는 습관을 들여야 한다. 면접관 대다수는 지원자의 연차를 고려하여 어느 정도의 스펙과 경험을 쌓았는지 가늠할 수 있다. 어설픈 글재주로 현혹하려는 시도보다 숫자로 명확하고 깔끔하게 제시하려고 시도해야 한다.

자기소개서는 정말 자기를 소개하라는 글이 아니다. 자기소개서의 세부 주제에 관해 이야기를 하기 전에 자기소개서와 먼저 친해져야 한다. 면접관은 회사의 주어진 위치에서 각자 본업이 있는 사람이다. 면접이 업무의 연장선이라고 볼 수 있지만 면접관의 본업은 아니다. 면접을 진행하는 데에 최소 30분에서 1시간 이상의 시간이 소요된다. 자기소개서의 목적은 면접을 진행해도 괜찮을지 사전에 대상 지원자를 추리는 것이다. 바꿔 말하면 면접을 볼 자격만 충족한다면 서류 전형은 오히려 아주 어렵게 느낄 필요가 없다는 의미이기도 하다. 그럼, 면접까지 도달하기 위해 떨어지지 않는 자기소개서는 과연 어떤 소개서일까?

첫 번째, 지원 동기

모든 회사마다 자기소개서의 양식은 조금씩 다르다. 하지만 지원 동기는 100% 확률로 모든 회사의 양식에 포함되는 항목이다. 그래서 많은 지원자가 쓰기 힘들어하는 항목이기도 하다. 지원 동기는 정말 이 회사를 지원하는

내일은 다르기를 기대하는 너에게

입사 동기를 물어보는 질문이 아니다. 회사에 지원하는 모든 사람은 자신의 시간과 노동을 들여 그에 상응하는 금전적 대가를 바라고 취직한다. 돈을 벌기 위한 행위, 그 이상의 것이라고 보기 어렵다.

지원 동기는 지원자가 합류 후 얼마나 빠르게 업무에 적응할 수 있는지 준비 상태를 보기 위한 항목이다. 지원 자가 우리 회사에 대한 이해가 얼마나 있는지, 지원한 포지션의 업무에 대한 이해는 있는지, 만약 경력직이라면 유사한 업무 경험치를 살펴본다. 그리고 업무 적응 기간 없이 빠르게 업무를 진행할 수 있는 준비가 된 지원자인 지 살펴보기 위한 문항이다. 실제로 많은 면접관이 지원 자의 서류를 살펴볼 때 가장 유의 깊게 보는 항목이다. 지원 동기 하나에 서류 전형의 합격, 불합격 여부가 갈리기 도 한다. 다른 항목도 마찬가지이지만 지원 동기는 절대 다른 지원서의 글을 재활용해서는 안 된다. 같은 업종과 유사한 포지션이라고 하더라도 각 기업의 핵심 가치와 업 무 환경 같은 디테일한 차이가 있기 마련이다.

두 번째, 상황 해결

두 번째 항목부터는 보통 회사마다 차이가 있다. 상황 해결의 문항이 일반적으로 등장한다. 예를 들어 '지원자가 지원한 포지션과 적합한 업무를 해결했던 사례를 서술하시오.', '업무 중 어려움을 겪었던 사례와 이를 협업으로 극복한 사례를 서술하시오.' 같은 문항이 대표적이다. 지원자의 장단점을 서술하라는 질문도 상황 해결의 취지에 가깝다. 회사는 매일 변수가 발생한다. 방정식처럼 정해진 상수가 있지 않다. 특히, 1인 사업자가 아닌 이상 혼자서 모든 일을 처리할 수 없다. 조직 내외로 협업은 불가피하다.

지원자의 개인적인 준비 상태가 검증됐다면 얼마나 조직에 빠르게 융화할 수 있는지 물어본다. 기존 정서와 문화를 해치지 않는 선에서 얼마나 변수에 능동적으로 대처할 수 있는 지원자인지 살펴본다. 회사 내부에 개발자가 많고 상대적으로 개인주의 성향을 인정해 주는 회사를 예로 들어보자. 이 경우 진취적으로 문제 방안을 마련하여

내일은 다르기를 기대하는 너에게

상황 해결을 리드했던 경험과 장점이 눈에 들어올 수 있다. 반대로 개인의 취향을 존중하지 않고 집단주의를 지향하는 메시지는 자칫 독이 될 수 있다. 이미 업계에서 어느 정도 인지도가 구축되어 있고 프로세스와 체계가 잡혀 있는 회사라고 예를 들어보자. 조직의 질서 안에서 약간의 포인트를 살려서 좋은 결과물을 냈던 사례를 살리면 좋다. 반대로 너무 창의적이어서 기존 프레임을 무너뜨릴 가능성이 있는 지원자는 부담스러울 수 있다. 현업자의 생생한 후기를 살펴볼 수 있는 커뮤니티를 적극 활용하는 것도 좋다.

마지막, 입사 후 포부

입사 후 포부도 자기소개에 빠지지 않고 등장하는 단골 문항이다. 유사한 질문으로는 '지원자가 합격 후 회사에 어떤 것을 기여할 수 있는지 서술하시오.'와 같이 입사 후 기여에 대한 항목도 있다. 모든 회사는 이익 실현과 매출 달성이 최대의 목표이다. 회사 구분 없이 모든 사업자라면 같다. 그래서 '최선을 다하겠다.'라는 추상적인 메시지는 서류 탈락과 직결된다. 지원자가 입사 지원 전에 어떤 결과물을 냈었는지 보여준다. 그 과정을 살펴볼 때 회사에 합류하더라도 동일한, 최소한 유사한 퍼포먼스를 보여줄 수 있겠다는 확신을 면접관에게 보여준다. 당연히 지원한 포지션과 적합한 경험과 성과가 필요하다. 홍보와 마케팅 분야라면 여러 차례 거절당했던 제안을 갈고 닦아 최종적으로 좋은 결과를 끌어냈던 경험을 서술한다. MD라면 실제로 물건을 팔아본 경험이나 사업을 준비해 본 경험이 좋다. 데이터 분야라면 숫자로 결과를 증명해 본 경험이 좋은 포부로 평가받을 수 있다.

사실 자기소개서는 앞서 언급한 질문보다 훨씬 더 많은 항목이 있다. 자기소개서는 면접 자격을 얻기 위해 떨어지지만 않으면 되는 글임을 명심하자. 어떤 내용을 작성해야 글의 독자인 면접관이 보기 편하고 눈에 잘 들어올지 고민해야 한다. 시작하기 전부터 걱정이 앞설 만큼 어렵지도 않다.

뽑으면 좋은 지원서가 아니라
뽑아야만 하는 지원서를 써라.

보기 좋은 글보다는
읽기 좋은 글을 써라.

EP.8

면접만 보면
자꾸 떨어졌다

   까마득하게 느껴졌던 서류 전형을 통과하고 소중한 면접 기회가 주어졌다. 어렵게 잡은 면접 기회지만 서류 전형 준비 과정에서 너무 많은 힘을 쏟은 나머지 면접 준비를 소홀히 하는 지원자를 자주 보았다. 서류 전형과 달리 면접은 정해져 있는 가이드가 별도로 있지 않다. 같은 면접관이라도 지원자의 성향에 따라서 얼마든지 면접 질문이 바뀔 수 있다. 아주 면밀하게 준비하더라도 변수가 매우 많다. 일반적으로 부담감을 줄이기 위해서 면접관 출신의 인사 전문가는 면접관을 남 대하듯이 하라고 말한다. 말이 쉽지, 실제로는 어렵다.

면접 준비를 연애하듯이 한다. 일종의 소개팅이라고 생각한다. 우리는 소개팅 상대방에게 반드시 고백하겠다는 생각으로 나가지 않는다. 면접도 마찬가지이다. 소중한 면접 기회임은 분명하다. 면접관이 보기에 내가 적합한 지원자인지 인터뷰를 보는 것처럼 나도 해당 면접관이 나의 상사로서 태도가 잘 맞는지 인터뷰를 본다. 회사의 전반적인 분위기나 첫인상이 나와 잘 맞는지도 살펴본다. 소개팅에서 연애까지 과정과 면접 후 회사에 입사하는 과정은 놀라울 만큼 비슷하다. 평균적으로 새로운 직원의 채용에 최소 2회 이상의 면접을 진행한다.

소개팅도 비슷하다. 첫 번째 만남에서 바로 연애로 직진하지 않는다. 여러 환경에서 두세 번 만남을 유지한다. 그리고 '이 사람이다.'라는 생각이 들 때 적극적으로 감정을 표현한다. 면접도 마찬가지이다. 첫 만남만으로는 지원자가 지원한 포지션에 적합한 사람인지 알 수 없다. 회사에 적합한 인재인지 확신하기 어렵다. 따라서 첫 만남에 모든 것을 다 보여주기보다 확실한 첫인상을 각인하고

아직 더 높은 매력이 남아 있다는 점을 어필해야 한다. 면접 과정에서 첫인상을 좌지우지하는 요소는

   1) 인상착의(스타일)
   2) 언어 구사력
   3) 공감대 형성
   그리고 마지막으로 4) 자신감이다.

   요즘은 중견기업이나 대기업도 특별한 경우를 제외하고 면접 복장이 과거와 달리 자유롭다. 단, '자유롭다'와 '편하다'는 다르다는 것을 명심해야 한다. 의상과 스타일은 정체성이다. 입은 옷의 색에 비유해 본인만의 자기소개 스토리를 만들어본다. 이미지 메이킹을 위해 어울리는 안경 정도의 가벼운 액세서리도 좋다. (팔찌나 목걸이처럼 과도한 스타일링은 지양해야 한다.)

   실제로 면접을 진행해 보면 긴장하거나 질문에 당황한 나머지 말을 더듬거나 같은 말을 반복하는 지원자가 적지

않다. 무의식중에 같은 표현이 반복되면 듣는 청자로 하여금 집중도를 낮춘다. 낮아진 집중은 관심이 멀어지게 한다. 같은 내용이더라도 풍부한 표현력을 더하는 것이 좋다. 표현력을 높이는 효과적인 방법의 하나는 비유다. 면접이라는 딱딱한 분위기에서 관심을 가질 이야기로 본인을 비유한다. 비유에서 가장 중요한 사항은 절대적으로 본 내용과 비유하는 내용이 정확하게 맞아야 한다. 어설프게 맞지 않는 이야기를 비유로 풀어낸다면 본래 답변의 목적성은 사라진다. 오히려 질문의 의도를 정확하게 파악하지 못한 지원자가 되어버린다.

소개팅과 마찬가지로 면접에서의 공감대란 곧 '두괄식 답변'이다. 소개팅과 면접 모두 정답을 찾는 것이 아니다. 상대의 말을 경청해 설령 서로의 방향이 맞지 않더라도 나의 주장과 감정을 솔직하고 논리 정연하게 전달해야 한다. 그래서 면접 답변은 꼭 '두괄식'으로 말해야 한다. "이렇게 하겠습니다. 그 이유는 이러합니다."라고 명료하게 답변을 시작해야 한다. 면접처럼 압박감이 있는 상황에서 말이 길어지면 누구나 실수하기 마련이다. 두괄식으로 면접관의 공감을 형성하자.

　마지막은 결국 자신감이다. 어떤 답변이라도 자신감을 가져야 한다. '이렇게 답변하면 면접관이 싫어하지 않을까?', '이런 답변이 질문에 적합할까?' 스스로 자신이 없는 순간, 말의 신뢰는 떨어진다. 문제는 면접장에서 티가 난다. 예리한 면접관이 눈치채지 못할 리가 없다. 모의 면접을 해보자. 예상되는 질문을 정리하고 그 질문에 답변하는 나를 녹음해 보거나 영상으로 남겨보자. 말은 자꾸 입밖으로 뱉어야 익숙해진다. 어차피 나만 볼 건데 창피할 필요가 없다. 한결 자연스러워진 지원자로서 어떤 질문에도 크게 당황하지 않는 내 모습과 마주할 수 있다. 면접을 앞두고 있다면 이제는 긴장보다는 설렘을 안고 면접장으로 발걸음을 옮겨 보자.

면접은

나만 평가받는 자리가 아니라
나도 평가하는 자리다.

호감을 줄 생각만 하지 말고
나도 호감을 느끼고 있는지.

/ 커리어 /

2.

어느덧

10년 차

K-직장인

EP.1

거절에서 성장하다

　입사한 지 2주가 지났다. 여전히 나의 업무 성과는 전혀 없었다. 모르는 사람에게 전화를 걸어 영업하고 결과물까지 이루어 낸다는 것은 이제 막 사회에 발을 디딘 초년생에게 너무나도 어려웠다. 같은 생활이 2주쯤 지나니 이제 몸은 지쳐가고 머릿속에는 포기가 떠올랐다. 너는 할 만큼 했으니, 이쯤에서 그만해도 된다고 말이다. 하지만 문득 이런 생각이 들었다. '나는 더 성장하고 싶다. 그러면 여기서 멈춰도 과연 나는 성장할 수 있을까?' 무엇이든 결과는 만들고 그 안에서의 과정이 어떠했는지 경험하고 그만두어야 한다. 아무런 결과도 맞이하지 못한 채 포기하기에는 마음 안에 꿈틀거리던 자존심이 허락하지 않았다.

다음날부터 내 업무 방향은 완전히 바뀌었다. 곰곰이 생각해 보면 일면식도 없는 일개 영업사원의 말을 듣고 광고비를 집행할 사람이 누가 있을까 싶었다. 단순히 전화를 돌리기보다 미팅을 주선했다. 내가 누구인지 밝히고 시간을 내어줄 수 있다면 어디든지 찾아뵙겠다고 말했다. 미팅과 관련한 자료를 미리 만들었다. 최대한 사람을 먼저 만났다. 자연스럽게 사람을 대하는 법에 관심이 있을 수밖에 없었다. 세상의 많은 사람은 같은 지점에서 비슷한 감정을 가진다. 상대의 언행이 나올 때 항상 처지를 바꿔 생각했다. 나라면 어떻게 했을까? 결과는 어떠했을까? 그런 노력에도 여전히 업무 성과는 없었다.

　종종 관심이 있는 잠재 고객도 있었으나 결정타가 없었다. 나는 나이도 너무 어렸고 어린 영업사원의 말만 듣고 광고비로 수백만 원에서, 많게는 수천만 원까지 집행할 수 있는 거래처는 없었다. 영업사원으로서 매출액은 없었지만, 첫 회사의 짧은 6개월 동안 개인적으로는 어디서도 쉽게 얻을 수 없는 경험을 쌓았다. 사람과의 만남을 두려

위하지 않게 되었다. 모든 일은 대면으로 마주하고 열린 자세에서 나온다. 그리고 거절에 익숙해졌다. 우리는 거절이 두렵다. 그리고 막연한 두려움은 행동에 많은 제약을 가한다. 마주한 거절은 나를 더욱 간절하게 만들었다. 거절에 익숙해질수록 다음 기회에서는 거절당하지 않을 방법을 위해 고민하고 또 고민했다.

주어진 기회에서 거절당했다면 무엇이 아쉬웠는지 반드시 메모하여 남겨 두었다. 처음 만나는 사람을 두려워하지 않기 위해 미리 할 말을 만들던 습관은 자연스럽게 미팅 준비로 이어졌다. 준비된 내용은 모두 말하고 싶었다. 어떤 미팅이든 조리 있고 논리적으로 말하려는 습관을 들였다. 아무리 좋은 내용이라도 전달이 부족하면 금세 잊혔기 때문이다.

설득의 논리는 거절에서 비롯한다.
거절을 거절함에 익숙하기 위해.

EP.2

첫 마디가
다음 만남을 결정한다

　첫인상은 중요하다. 모두가 그렇게 생각한다. 그렇다면 첫마디의 중요성도 알고 있는가? 첫 만남에서 느껴지는 첫인상 뒤에는 반드시 첫마디가 있다. 첫마디의 긍정 신호 여부에 따라 대화의 흐름과 결과가 정해진다. 브랜드의 마케팅 담당자이다. 처음 미팅으로 만났다. 그런데 첫 마디가 상품소개다. 이는 남녀 사이에 첫 소개팅으로 만났는데 어떤 분위기도 없이 사귀자고 고백하는 것과 같다. 호의를 베풀고 온화한 분위기를 조성해 대화의 주도권을 가져와야 한다. 영업직이나 서비스업이 아니더라도 필요하다. 여기 고민 끝에 설정한 나만의 방법이 있다.

　　　　　　　　내일은 다르기를 기대하는 너에게

첫 번째, 대접하기

남녀노소를 불문하고 밥 사주고 술 사주는 사람을 싫어하는 사람은 없다. 무더운 여름 시원한 커피 한 잔, 추운 겨울 따뜻한 차를 대접받는 것만큼 효과적으로 좋은 첫인상을 만들 방법은 드물다. 덧붙여 대접하는 물건에도 브랜딩을 입힌다.

예를 들면 이렇다. "오늘 늦은 오후 미팅이 잡혀 이미 커피는 많이 드셨을까 봐 피로 해소에 좋다는 허브차를 들고 왔습니다. 드시고 맑은 정신으로 미팅해 볼까요?", "귀한 시간 내주셨는데 헛된 발걸음하지 않도록 짧고 굵게 미팅하기 위해 가장 작은 사이즈로 준비했습니다." 매일 마시는 커피 한 잔에도 미팅의 의미를 담는다. 만약, 미팅 참석자가 여러 명이라면 간식을 사 가는 것도 좋다. 인원수에 맞추어 달콤한 도넛을 준비하고 미팅 자리에서 "오늘 미팅이 소소하게 준비한 도넛만큼이나 서로에게 달콤한 미팅이 되었으면 좋겠습니다."라는 말을 덧붙인다. 적어도 최소 한 달 동안은 가장 인상 깊었던 미팅으로 기억에 남는다. 그만큼 첫마디의 힘은 위대하다.

두 번째, 인사하기

의외로 첫 대면에서 인사를 부담스러워하는 사람이 많다. 첫 번째 호의로 상대의 경계심을 풀었다면 본격적으로 나를 소개할 차례다. 일반적으로 "안녕하세요. 누구입니다."로 소개한다. 사실 이 정도 인사로도 부족함은 없다. 하지만 딱 한 마디만 덧붙여보자. "알찬 미팅 되었으면 좋겠습니다." 이미 상대의 기억 속에는 미팅 때 커피 한 잔, 도넛 하나를 사 온 거래처 직원으로 인지되어 있다.

자기소개에서 덧붙인 한마디가 알찬 미팅을 주선한 사람으로 기억하게 해준다. 본인의 이름으로 자기소개를 하는 것도 좋다. "오늘 미팅에서 할 이야기가 많네요. 송두리째 해결해 보시죠." 낯간지러운가? 바쁜 시간을 쪼개어 만난 미팅 자리에서 그저 그런 미팅으로 잊히는 것보다 낫다. 딱 한 번 낯간지럽고 오랫동안 기억에 남는 사람이 되고 싶지 않은가? 미팅 한 번으로 높은 성과의 결과를 내기는 어렵다. 영업은 곧 신뢰와 관계의 연속이다. 오랫동안 기억에 남고 뇌리에 맴돌아야 한다. 대부분 사람은 특별한 존재가 되기를 바란다. 내가 참여한 그 미팅을 누구보다 특별한 기억으로 만들어주자. 그 미팅 자리에서 당장 특별한 결과물을 만들어내지 못하더라도 나는 특별한 사람으로 기억에 남을 것이다.

세 번째, 다음을 기약하기

한 번의 미팅만으로 모든 결과를 얻을 수 있다면 좋겠지만 아쉽게도 그럴 가능성은 매우 낮다. 그래서 다음이 중요하다. 계속 후일을 도모하며 결과를 '함께' 만들어 가야 한다. 다음을 기약해야 하는 또 다른 이유는 사람마다 처한 상황이 끊임없이 변화하기 때문이다. 오늘의 고객이었던 사람에게 다음에는 내가 고객이 될 수 있다. 어제는 고객사의 직원이었던 사람이 내일은 사장이나 CEO가 되어 있을 수 있다. 그래서 우리에게는 항상 다음이 있어야 한다.

항상 여지를 남기는 습관을 들어보자. 남녀관계에서도 첫 만남에 모든 것을 다 보여주는 상대보다 점점 호기심이 가고 궁금증이 있는 사람에게 계속해서 호감이 생긴다. 다음을 기약하는 가장 좋은 방법은 상대의 이야기를 듣는 약속을 잡는 것이다. 오늘 영업 미팅이 끝나간다. 미팅을 마무리 짓는 코멘트가 필요하다. "귀한 시간 내주셔서 감사합니다." 여기까지는 동일하다. 하지만 이런 멘트는 어떻겠는가? "오늘은 너무 제 얘기만 많이 했네요. 귀하의 제품과 서비스에도 관심이 많은데 다음번에는 당신의 제품과 서비스에 관한 이야기를 들려주실 수 있나요?" 다음 만남을 기약한 채 마무리 짓는 것이다. 부담스럽지 않은 수준에서 구체적인 일정을 정할 수 있다면 더욱 좋다. "한 주 내내 비 소식이 있네요. 비도 슬슬 그치는 다음 주쯤 어떨까요?"라고 말이다.

굳이 만나자고 하지 않아도

한 번 더 만나고 싶은 사람.

한 번도 일은 해보지 않았지만

한 번쯤 일해보고 싶은 사람.

생각보다 많은 것으로 결정되지 않는다.

EP.3

오늘 하루
남은 게 없다

　하루에 적게는 1개, 많게는 3개 이상의 미팅을 진행해 보면 각양각색의 사람을 만날 수 있다. 그렇게 많은 사람 중에서도 나를 당황스럽게 하는 부류의 미팅 참석자가 있다. 아무 준비물 없이 빈손으로 미팅에 참석하는 사람이다. 펜이나 노트, 노트북, 스마트폰 무엇이라도 메모가 가능한 도구를 지참하기 마련인데 정말 몸만 오는 사람도 생각보다 적지 않다. 미팅 시작도 전에 의욕이 완전히 사라진다. 팀장으로 재직했을 때 이런 일도 있었다.

　매주 업무와 관련한 리뷰를 위해 주간 회의를 진행했는데 신입으로 합류했던 팀원 중 한 명이 아무 준비 없이 미팅에 참석했다. 아직 업무 인수인계를 받고 있었으니 업무 내용상으로는 준비가 미비하더라도 최소한 미팅에 임하는 자세를 준비가 필요했음에도 빈손으로 미팅에 참석한 것이다. 모두가 있는 자리에서 신입사원에게 꾸지람을 줄 수 없으니, 미팅을 모두 마친 후에 후기를 살짝 물어봤다. 좋았다고 말하는 팀원의 표정과는 달리 기억에 남아 있는 미팅 내용이 거의 없었다. 결국 나는 메모의 중요성과 구두로 오고 가는 모든 내용에 대해서 메모하는 습관을 들이라는 진심 어린 충고를 해주었다.

메모의 중요성이 비단 미팅에만 해당하지 않는다. 새로운 곳으로 입사 후 신규 조직에 적응하기 위한 프로세스도 메모로 정리를 한다. 매일 확인해야 하는 업무 체크리스트도 메모를 활용하면 일의 능률이 배가된다. 예를 들어, 업계 10년 차가 된 나는 퇴근 직전 체크리스트를 정리한다. 다음날 출근하여 해결해야 하는 업무를 미리 확인한다. 일과를 돌이켜보면서 정리하고 내일을 준비하는 필수 과정이나 다름없다. 그래서 상대적으로 업무시간 내에 무엇을 어떻게 언제까지 해야 하는지 명확하게 이해하고 일을 수행한다. 일이 많다고 투덜거리는 많은 사람은 스스로 곰곰이 돌이켜 볼 필요가 있다. 물론, 실제로 너무 과다한 업무가 부여되었을 수도 있다. 하지만 꼭 일이 많기보다 해야 할 업무의 우선순위와 그 우선순위를 정리하지 못했을 가능성이 높다.

되도록 출근하여 업무 체크리스트를 짜기보다 전날 퇴근 전에 미리 정리를 해둔다. 업무 우선순위에 대한 몰입도가 다르기 때문이다. 업무 체크리스트라고 해서 너무 대단하게 생각하지 않아도 된다. 숫자로 1번부터 n번까지 적어 둔다. 처음에는 여기까지 해도 충분하다. 조금 더 익숙해진다면 오전, 오후로 나누어서 해야 할 일을 쪼개고 조금 더 익숙해지면 시간 단위로까지 나눈다.

메모를 해야만 하는 이유는 단순히 업무의 효율만을 위해서는 아니다. 업종을 불문하고 메모는 다른 영역에서 시너지가 매우 많이 일어나는 행동이다. 메모 습관에도 점점 발전이 있는데 처음에는 줄글 양식으로 정리하다가 스스로 보기 쉽게 정리하는 습관을 들인다. 중요도에 따라 번호를 매기거나 최대한 보기 쉽게 정리하려고 노력한다. 보기 좋은 떡이 먹기도 좋다고 깔끔하게 정리되지 않은 메모는 다시 보더라도 그 효력이 비교적 떨어지기 때문이다. 이처럼 보기 좋은 메모는 고스란히 습관으로 남아 다른 업무에도 영향을 준다. 메일 한 통을 쓰더라도 내가 보기 편하게 메모하듯이 작성한다. 내가 보기 좋은 메일은 높은 확률로 상대가 보기에도 좋다. 미팅하거나 전화를 한 통 하더라도 우선순위를 미리 정리해 두고 그 순서에 맞게 대화를 이어간다. 말을 듣는 상대방은 편안하게 만들고 편안함은 곧 내가 정한 순서에 따라 의사결정을 끌어낸다.

이렇듯 메모 습관이 줄 수 있는 긍정적인 영향력은 매우 높다. 처음에는 당연히 익숙하지 않기 때문에 번거롭고 어렵다. 아래 방법만 숙지하자. 지금까지 메모를 제대로 하지 않았음을 후회하게 될 것이다.

1. 일단 하자

- 무엇이라도 적어보자. 어려움은 그동안 해보지 않았음에서 비롯한 두려움이다.
- 오늘을 정리하는 일기도 좋고 내일 할 일에 대한 체크리스트도 좋다. 적는 두려움을 떨쳐내자.

2. 다시 보자

- 내가 적어 놓은 메모를 꼭 다시 확인하자.
- 내가 쓴 글을 내가 다시 봐야 '어떤 부분이 보기 불편한지', '어떤 부분을 고쳐야 할지' 알 수 있다.

3. 또 하자

- 메모의 가치는 습관에서 나온다.
- 한 번으로 끝내지 말자. 처음이 어려울 뿐 자꾸 시도하고 부딪혀야 발전이 있다. 어느새 메모의 달인이 되어 있는 나와 마주할 것이다.

적는다.

그리고 남긴다.

흘러가지만

흘려서는 안 될 이야기이기에.

EP.4

냉정과 열정 사이

사회생활 10년 차다. 10년 동안 일을 하며 정말 많은 사람을 만났다. 영업직군 특성상 외부로 나가 사람을 만나기도 하고 혹은 나를 만나기 위해 사무실로 찾아오기도 한다. 때로는 한 번도 직접 만나보지 않고 전화나 메일로만 소통했던 사람과 일희일비하며 프로젝트를 진행하기도 한다. 정답이라고 말할 수 없지만 10년의 세월 동안 사람들과 마주하면 나름대로 사람을 보는 기준이 생긴다. 특히 일을 대하는 모습을 보면 더 정확히 알 수 있다. 맡아서 진행하는 일에서 이슈나 위기가 발생하면 확신이 생기기도 한다.

내일은 다르기를 기대하는 너에게

내가 일을 하며 경계하는 모습은 지나칠 정도로 과도한 열정을 보이는 사람이다. 일에 있어 열정을 배제하라는 말이 뜬금없는 소리로 들릴지도 모른다. 열정이 가진 순기능을 결코 무시하는 것은 아니다. 하지만 우리는 열정을 들여야 할 곳과 들이지 말아야 할 곳을 착각하며 살아가는 경우가 많다.

열정의 근간은 잘 해내겠다는 마음가짐에서 비롯한다. 그러한 마음에서 번지는 상사나 동료의 믿음, 그리고 물질적인 인사고과에도 영향을 받는다. 집단을 이루고 있는 조직에서 돋보이고 더 위로 올라가고 싶은 욕심에 기반을 둔다. 나 역시 마찬가지였다. 오히려 과도한 열정을 책임감이라는 그럴듯한 단어로 포장해 보기 좋은 모습으로 비치고자 노력했다. 노력은 배신하지 않았다. 남부럽지 않은 연봉과 인맥이 쌓였다. 하지만 그것이 전부였다. 지금도 여전히 똑같은 고민을 안고 살며 나의 성장보다는 회사의 성장, 솔직히 말하자면 회사에서의 생존을 위해 아등바등한다.

일에서의 열정은 순수한 마음에서의 뜨거움보다는 목적을 달성하기 위한 수단임을 알아야 한다. 인간은 목표한 바를 이루기 위해서 지구상의 어떠한 존재보다 치밀하고 위협적이다. 앞뒤가 다른 모습을 보이거나, 이해관계가 맞는 다른 사람을 끌어들이거나, 돈을 들여서 목적을 달성하려 한다. 일을 머리로 하는 것은 냉정함을 유지해야 하는 일이다. 일에 있어 냉철한 모습을 보여주고 유지하기 위해 내가 가지고 있는 무기가 무엇인지 잘 알아야 한다. 내가 하는 업무, 나의 회사가 가지고 있는 인프라를 명확히 인지한다. 일의 시작, 과정, 끝에서 주도권을 가진다. 나는 상대적 우위에 있는 고객을 상대하면서도 일에 있어서 항상 주도권을 놓치지 않으려 했다. 내가 몸담은 회사의 강점을 확실하게 이해하고 있었으며 고객이 원하는 바를 명확하게 알아내려 했다.

일순간의 감정보다는 논리로 접근하려 했다. 개인적인 관계보다는 객관적인 판단과 이성으로 문제를 해결하려 했다. 누군가 보기에는 사회성이 없고 딱딱한 사람으로

내일은 다르기를 기대하는 너에게

보일지 모르겠으나 남 부럽지 않을 만큼 인간관계를 누리고 살고 있다. 내가 만나보았던 사람 중 일을 열정만으로 하는 사람의 대부분은 무르다. 논리보다는 관계, 해답보다는 정답만을 강조한다. 일 자체보다 관계를 우선시하는 사람은 가급적 경계한다. 스스로 생각할 때 상호 간의 유의미한 일의 진척이 없었음에도 둘의 관계를 정의하려는 사람이 있다. "이번에는 매니저님 믿고 업무 진행합니다.", "그래도 우리 사이의 신뢰가 있는데요."라는 말은 온전한 칭찬이 아니다.

논리를 꿰뚫어 보는 안목도 길러야 한다. '왜?'를 항상 품어야 한다. 이유를 알아야 논리적으로 해석하고 객관적으로 이해할 수 있는 명분을 쌓아 올릴 수 있다. 일할 때는 항상 나의 제안을 스스로 이해할 수 있어야 한다. 가끔 주변에서 일하는 동료를 보면 스스로 만든 제안에 대한 명확한 설명 없이 유관부서 혹은 업체와 일하는 경우를 종종 보았다. 이럴 경우 일 진행에 문제가 생기면 감정적으로 대응하거나 논리보다는 관계로써 해결하는 빈도가 잦아진다. 당연히 반복되는 열정 업무로의 결과가 본인의 경력에 어떤 흠집을 남길지는 충분히 예상이 간다.

하고 싶은 일을 하며 꿈을 이루기 위해 열정페이도 마다하지 않았다. 그런 열정이 나를 높은 곳으로 올려줄 것이라 생각했다. 하지만 우리는 열정페이보다는 냉정페이를 쫓아야 한다. 한때 열정이라 불렀던 그것은 냉정함을 갖추기 위한 성장통이 되어야 한다. 영화 〈냉정과 열정 사이〉에서 한때의 열정을 잊지 못해 사랑했던 아오이를 찾아 떠났지만 냉정을 찾아 각자의 길을 선택한 준세이처럼 말이다.

머리는 차갑지만,
마음만 뜨겁다면

머리를 뜨겁게,
마음을 차갑게 식히자.

냉정과 열정 사이를

걸어가기 위해.

EP.5

왜 주말에는
꼭 쉬어야 하는가?

　주말만 기다린다. 요즘 신입으로 입사하는 친구의 업무
능력을 볼 때마다 깜짝 놀란다. 10년 동안 변화한 트렌드
를 빠르게 따라잡았다. 10년 차인 내가 모르는 업무 툴을
알고 있기도 하다. 아이디어 회의를 하면 언제나 번뜩임
이 장착되어 있다. 예전처럼 직장 선배가 알려주면 그대
로 배우고 따라 하기보다 본인만의 방법을 찾으려 한다.
본인 생각과 다른 부분이 있다면 가감 없이 의견을 피력
하기도 한다. 고작 10년 차인 내가 주말에 무조건 쉬면서
방전된 에너지를 채우기에 바쁜 것과는 참 다르다.

　갓 입사한 신입사원은 본인만의 취미가 있거나 주말에

　　　　　　　　내일은 다르기를 기대하는 너에게

도 자기 발전을 위해 오히려 더 알차게 시간을 활용한다. 오히려 주말이 평일보다 더 바쁘다는 말까지 한다. 모든 것을 그저 '젊음이 좋아서'라고 치부하기에 그들은 부지런하고 노력한다. 연차는 낮더라도 회사 안팎으로 자극을 많이 받는다. 내가 자극을 받는 모습만 본다면 모든 준비생이 취업을 못 하는 것이 이해되지 않을 때도 있다. 이런 생각이 든다.

'나도 그 시절에는 그랬는가?'

간절함이 사람을 만든다고 한다. 그리고 나는 꽤 그 말을 믿는 편이다. 간절함을 가진 사람은 눈빛이 다르다. 눈에 독기가 서려 있다. 어떻게 하더라도 내 눈앞에 있는 문제를 해결하겠다는 강렬함이 살아있다. 주말에 반드시 쉰다는 생각은 평일이 고된 회사원만의 핑계일지 모른다. 나도 취업을 준비했을 당시에는 주말이 평일보다 더 바빴다. 그리고 사람도 훨씬 더 많이 만났다. 변변치 않은 경력의 포트폴리오를 채우기 위해 항상 밖으로 돌아다니기에 바빴다. 입사하고 싶은 회사의 업계 동향을 파악하기 위해 업계 선배를 만나 조언을 구했었다. 약속이 없는 날이면 인터뷰 내용을 스크랩으로 정리했다. 하루에 꼭 한 쪽이라도 포트폴리오를 만들려고 노력했다.

주말에 반드시 쉬어야 한다는 말은 일종의 보상 심리와 같다. 평일에 열심히 일했으니 혹은 공부했으니 주말 동안은 온전히 쉬어야 한다는 것이다. 달리 생각해 보자. 이 세상에 시간보다 공정한 것은 없다. 세상 모두에게 같은 시간을 주기 때문이다. 다른 사람이 주말 하루를 쉴 때 내가 그만큼 가치를 창출하면 단순 계산으로 1일에 24시간, 1달이면 96시간, 1년이면 1,152시간이 된다. 그리고 이것이 10년이 지났을 때는 굳이 말하지 않겠다. 너무 먼 미래까지 가볼 필요도 없다. 당장 주말 하루만이라도 나의 개발을 위해 시간을 투자해 보자.

너무 어려워할 것 없다. 하루 종일 책을 읽어도 된다. 아니면 내가 그랬던 것처럼 가고 싶은 업계의 사람을 만나도 된다. 그것도 아니라면 미리 포트폴리오를 쓰거나 다가올 이직을 위한 자기소개서, 이력서를 작성해도 좋다. 무엇이든 개발과 연관된 한 가지만 하루 더 하면 된다. 1+1의 법칙이라고 이야기한다. 숫자는 어떤 결과로도 거짓말을 하지 않는다. 내가 시간을 들여 한 권이라도 더 읽은 책, 한 명이라도 더 만난 사람, 한 글자라도 더 쓴 포트폴리오와 이력서는 분명히 다른 경쟁자들과 비교해 차이를 만든다.

어떤 책을 읽을지, 포트폴리오와 이력서를 어떻게 써야 할지 고민하는 것은 나중에 해도 좋다. 각자 다른 방법을 추천하겠지만 그것이 모든 사람에게 정답이 되는 것은 아니기 때문이다. 일단 다가오는 주말 하루를 더 나의 개발을 위해 써보자. 그것이 시작이다. 그리고 하루를 더 쓰는 것은 정답에 가깝다. 다시 한번 말하지만, 숫자는 거짓말을 하지 않는다.

누적이 만드는 기적.

EP.6

갑자기
커다란 벽이 생겼다

　이상과 현실은 다르다. 대학교에 진학해 학기마다 수강 신청에 울고 웃었다. 그렇게 여러 강의를 들을 때만 해도 이 정도로 이상과 현실의 괴리감이 크다고는 예상치 못했 다. 심지어 취업을 막 준비하던 대학교 3~4학년 때에는 졸업하면 남 부럽지 않은 대기업에 취직할 줄 알았다. 대 기업은 아니더라도 드라마에서나 볼 법한 능력 있는 인턴 사원으로 모든 업무를 해결할 수 있을 거라 예상했다. 그 런 일은 정말 드라마에서나 나오는 일이라는 것을 깨닫는 데 그렇게 오랜 시간이 걸리지 않았다. 내 능력을 알아주 는 회사가 나를 모셔 가기 위해 줄을 서 있지 않았다. 나 와 비슷한 능력을 갖춘 지원자는 세상에 너무 많았다. 비

　　　　　　　내일은 다르기를 기대하는 너에게

숫한 능력이 있기보다 현실적으로 회사 기준에서 어떤 능력도 갖추지 않았다는 말이 더 정확했다.

빠르게 현실을 받아들이고 생각을 바꿨다. 좋은 학교 성적과 높은 영어 점수는 누구나 시간과 노력을 들이면 달성할 수 있고 그것이 곧 취업으로 이어지지 않을 테니 말이다. 눈을 낮추고 여러 회사를 두드린 끝에 작은 광고 대행사에 입사했다. 원하던 대로 입사했으니, 현실에 모두 적응했다고 생각했지만, 그것마저 큰 오산이었다. 본격적인 현실 적응은 입사 후부터 시작이었다. 공부 머리와 일머리는 확실히 다르다. 소싯적에 공부 머리가 나쁜 편은 아니었다. 특히 암기력이 좋아 외워서 시험을 치르는 과목에서 좋은 점수를 받기도 했다. 나름대로 똑 부러지고 누군가 한번 말하면 잘 기억하고 모든 일을 잘할 수 있겠다고 생각했다. 회사에서 일이라는 영역은 학교에서 하는 과제와 매우 거리감이 있었다.

첫 번째로 관계가 명확했다.

학교에서의 상하관계는 교수님과 나 정도지만 회사는 모든 사람이 관계로 맺어져 있고 관계로 정의되었다. 회사는 확실히 다르다. 일단 내가 속한 팀의 모든 사람이 상하관계로 형성되어 있고 팀과 연결된 사내의 다른 모든 유관부서와 상하관계로 엮여 있다. 그뿐만이 아니다. 회사와 연결되어 있거나 혹은 팀과 연결된 외부의 많은 관계도 상하가 명확하다. 관계의 정의와 관련해 이야기하는 이유는 분명하다. 관계가 정의될수록 관계 안에서의 이해가 서로 복잡하게 얽혀 있다. 이런 매듭을 이해해야 관계의 정의 속에서 내가 업무를 하며 원하는 바를 쟁취할 수 있다. 내가 하기 싫은 일이라도 팀이 원하는 방향에 맞는 일이라면 해야만 하는 상황이 발생한다. 내가 하고 싶은 일만 골라 하는 것이 회사에서는 불가하다.

관계 속에서 나에 대해 내가 가장 잘 알아야 한다. 잘할 수 있는 일과 할 수 있는 일을 먼저 파악한다. 그리고 할 수는 있지만 잘할 수 없는 일과 할 수 없는 일도 알아낸다. 모든 것을 잘 해내려고 하거나 하고 싶은 일만 골라

하다면 회사원으로의 경력이 불 보듯 뻔하다.

두 번째는 실전이다.

회사 일에는 연습이 없다. 많은 회사가 값비싼 비용을 치르면서까지 신입보다 경력직을 선호하는 데는 그만한 이유가 있다. 심지어 회사를 떠나 나만의 사업자를 차리면 실전의 강도는 더욱 세진다. 학교에서의 과업도 시험과 발표 수준에 따라 평가를 받기는 하지만 그 평가가 나의 삶과 직결된다고 보기 어렵다. 회사 생활은 다르다. 연습만이 살길이라는 말이 틀리지는 않았지만, 연습의 앞에는 '실전'이라는 단어가 꼭 붙어야 한다.

실전에서 성적을 높이기 위해 연습마저 실전처럼 준비해야 한다. 프레젠테이션을 앞두고 실전처럼 스피치를 한다. 고객과의 미팅을 앞두고 실수 없이 나의 메시지를 정확하게 전달할 수 있는 미팅 자료를 만든다. 메일을 보내기 전에는 반드시 나에게 미리 보내 메일을 읽는 사람의 시점에서 나의 메일이 어떻게 보이는지 확인한다.

유아기의 아이가 스펀지같이 언어와 행동 학습 능력을 갖추고 있듯이 첫 회사 생활을 시작하는 회사원도 3년까지 가장 많은 업무 능력을 큰 거부감 없이 받아들인다. 3년이 지난 뒤에는 업무처리 방식이 굳어져 무언가를 바꿔가려고 해도 잘 바뀌지 않는다. 연습도 실전처럼, 그리고 우리에게는 실전처럼 연습할 수 있는 기간이 무려 4년이나 주어진다는 점을 잊지 말아야 한다.

　현실은 다르니까.
　우리도 현실답게.
　달라야 살아남지.

　　　　　　　　　　　내일은 다르기를 기대하는 너에게

EP.07

덕업일치

좋아하는 일을 하고 싶어 하는 많은 이에게 말하고 싶다. 취업을 준비하는 많은 학생이나 현업에서 종사하는 업계 후배와 이야기를 해보면 항상 빠지지 않고 등장하는 주제가 덕업일치이다. 덕업일치에서 '덕'은 일본의 오타쿠를 한국식으로 발음한 오덕후의 줄임말인 덕후에서 유래한 말이다. 오타쿠란 어떤 분야에서 몰두해 전문가 이상의 열정과 흥미를 느끼고 있는 사람이라는 의미다. 즉, 내가 일에 몰두해 그 분야에서 상당한 수준 이상의 열정과 흥미를 느끼고 일과 매칭하는 사람이다. 하지만 말처럼 쉽지 않다.

수많은 사람이 원하고 바라지만 현실적으로 덕업일치가 어려운 이유가 여기 있다. 우리는 모두 쉬기를 바란다. 어떤 방법이든 시간과 노동을 들인 대가로 휴식을 누리기를 바란다. 사업자라고 해서 크게 다르지 않다. 단지 돈을 벌기 위한 수단으로 집단에 소속되기보다 본인이 직접 집단을 구성하는 사람이라는 위치만 다를 뿐이다. 결국 시간과 노동의 대가로 휴식을 바라는 것은 일반적인 회사원과 크게 다를 바가 없다. 휴식은 노동과 완전히 대비되는 개념이다. 휴식과 일은 공존할 수 없다. 주변에서 여행하며 돈을 버는 사람들은 덕업일치의 끝이라고 볼 수 있지 않으냐고 말하기도 한다. 게임으로 방송을 하면서 돈을 버는 스트리머는 덕업일치 하는 사람이 아니냐고 말한다. 결국은 당사자의 의견이 가장 중요하다. 일이 돈벌이의 수단이 되는 순간 결코 스트레스에서 벗어날 수 없다는 사실 말이다.

　정도의 차이는 있다. 관심이 있고 나의 열정이 아깝지 않은 분야에 뛰어들면 상대적으로 더 빠르고 효율적인 길

　　　　　내일은 다르기를 기대하는 너에게

을 찾을 수 있다. 하지만 본질은 바뀌지 않는다. 내가 덕질을 하는 분야에 뛰어든다고 해서 반드시 성공한다는 보장도 없다. 남보다 돈을 더 쉽게 번다고 장담할 수도 없다. 그래서 덕업일치라는 타이틀에 초점을 두기보다 내가 어떤 분야에 관심이 있는지 빨리 결론 내려야 한다. 생각보다 세상을 이루고 있는 많은 분야가 외부인의 시선으로 바라볼 때와 내가 직접 분야에 몸을 담는 것에 큰 차이가 있다. 나는 게임을 너무 좋아하고 게임만 하고 있으면 시간 가는 줄 모른다. 하지만, 프로게이머가 되거나 1인 방송 크리에이터가 된다고 덕업일치가 되지 않는다.

성공하는 길과 좋아하는 것을 일로 하는 길은 명확히 다르다. 어떤 길을 걸어가더라도 우리는 매 순간 돈이라는 신호등과 마주한다. 우리는 개인 사업이든 회사로의 취직이든 궁극적으로 돈을 벌기 위해 일한다. 덕업일치는 쉬면서 일을 하는 의미가 아니다. 조금 더 편하고 효율적으로 자본에 접근할 수 있는 방법론에 가깝다. 막연하게 우리가 외부인의 시선으로 덕업일치가 그저 쉽게 돈을 버는 방법이라고 생각한다면 큰 오산이다. 진정한 덕업일치를 위해서 쉼과 일을 먼저 구분해 보자. 세상에는 어떤 방법으로도 쉬면서 돈을 버는 방법은 없다. 그것이 설령 직접적인 노동을 투입하는 일이 아니라고 해도 말이다.

잘해서 먹고사는 것.
먹고 살아야 해서 잘하는 것.

덕업이 아닌
업덕이 되길.

EP.8

하루를 깨우는
모닝커피

출근길 모닝커피에는 가치가 있다. 취업을 준비하던 때 회사가 많은 강남역 부근이나 여의도 인근을 자주 다녔다. 출퇴근하던 직장인의 손에 쥐여 있던 커피숍의 일회용 잔이 그 당시에는 얼마나 부러웠는지 모른다. 아마 그때 당시에는 손에 쥐어진 테이크아웃 커피잔이 마치 성공한 경력의 상징과도 같이 느껴졌다. 하지만, 사회 구성원이 된 이후에는 그저 사치품이라는 생각이 들었다. 한 푼이라도 아껴보겠다는 생각으로 밖에서 매일 비싼 돈을 들여 굳이 커피를 사 먹지 않았다.

여느 때와 다름없이 평범했던 하루였다. 일찍 기상한

탓에 모처럼의 출근 시간의 여유를 만끽하고 있을 때 밖에서 사 먹는 커피의 감성을 느끼고 싶었다. 특별한 이유는 없었지만, 어린 시절 취업을 준비했던 시절 동경했던 그 모습을 흉내 내고 싶은 마음이었다. 특별한 생각 없이 주문한 커피 한 잔이었지만 그때 마셨던 커피 한 잔이 지금에 이르러 어느새 아침 출근길을 맞이하는 나만의 루틴이 되었다. 오늘 하루를 마신다는 표현이 더 정확하다. 사람마다 개인적인 차이는 있겠지만 커피가 내려지기를 기다리고 커피를 마시면서 그날 할 일을 순서대로 정리하고 우선순위를 정했다. 무엇을 어디까지 정리해야 할지 머릿속으로 그림을 그릴 수 있는 시간을 가졌다. 무엇보다 나만의 업무 일지가 정리되면 필요한 요소를 부가적으로 정리한다. 모두에게 똑같이 주어진 시간을 조금 더 효율적으로 쓰는 것이다.

반드시 밖에서 커피를 사서 마시라는 의미가 아니다. 꼭 마셔야 하는 음료가 커피인 것도 아니다. 음료 한 잔을 준비하면서 하루를 동시에 준비하라는 의미다. 커피와 함

내일은 다르기를 기대하는 너에게

께 하루를 마시라는 말이다. 생각보다 커피 한 잔이 주는 가치가 크다. 준비된 상태로 하루를 맞이하는 것과 그렇지 않은 것의 차이가 크기 때문이다. 나만의 커피 레시피를 만들자. 원두 선택부터 진하고 연한 나의 커피 취향을 반영하듯 커피 한 잔에 준비하는 하루의 루틴을 나만의 레시피로 완전히 만든다. 이미 출근길 아침을 커피와 함께하는 사람들은 주변에 너무 많다. 별생각 없이 당연하게 습관처럼 커피를 마시는 사람이 훨씬 더 많다. 우리에게 익숙한 습관의 내용을 조금만 바꾸면 된다.

모든 경제적 가치는 대가를 지급한 만큼 만족감을 얻으면 된다. 복잡하게 생각할 것 없는 단순한 결론이다. 아침 10분, 집을 나와 커피 한 잔의 여유를 하루를 준비하는 시간으로 환산하면 된다. 환산된 나의 경제적 가치는 훨씬 더 높은 만족감을 선사한다. 모든 일에는 순서와 순위가 정해져 있기 때문이다. 그것을 준비한 상태에서 일을 시작하는 것과 준비하지 못한 상태에서 일을 시작하는 것은 출발선이 같지 않다. 그 결과를 맛보았다면 매일 마신 어

떤 커피보다도 달콤했을 것이라고 자부한다. 커피가 담고
있는 함축적 의미를 되짚어 보자. 큰 비용과 많은 시간을
들이지 않으면서 나의 가치를 높일 방법이 흔치 않기 때
문이다.

한 잔에 담기는 건
오직 커피만이 아니기에.

내일 아침은
나를 마시는 하루가 될 수 있기를.

내일은 다르기를 기대하는 너에게

사랑

3.

결혼 1년 차,

연애 11년 차

진행 중

EP.1

지금 공감하고 있다

　우리는 흔히 공감이 형성되면 무의식중에 반응이 나온다. 실제로 사회생활을 하며 많은 사람을 만나다 보면 꼭 말로 동의를 받지 않아도 손을 공손히 모으거나 고개를 끄덕인다. 때로는 눈을 지그시 감기도 하고 몸이 말하는 사람 쪽으로 기울기도 한다. 여기서 핵심은 무의식이다. 공감에 의식이 더해지는 순간 상대방이 금방 알아차리기 쉽고 비교적 부자연스러울 수밖에 없다. 공감을 드러내는 무의식 속 액션이 사람마다 너무 다르다. 이를 알아내는 가장 좋은 방법은 무의식 속에 있는 의식의 나를 깨우는 것이다. 계속 의식적으로 생각하면서 어느 순간 그것이 의식하지 않더라도 직감적으로 알아낼 수 있는 지점까지 연습한다.

　나는 이 방법을 10년간의 연애를 통해 빠르게 깨우쳤다. 연애 외에 직업적 특성도 있었으나 연애 기반의 공감만 우선 얘기해 보려 한다. 연애를 시작하기 전, 평소에도 사람들을 관찰하는 것을 유난히 좋아했다. 내향적이었지만 섬세하고 세심한 면은 사람을 관찰하는 데 큰 빛을 발휘했었다. 평소 주말에 자주 집 앞 카페에서 시간 보내는 걸 좋아했었다. 대학가 근처라 또래의 커플이 많이 찾았다. 서로 눈만 마주쳐도 좋은 커플이 대다수였지만 때로는 '저래도 되나?' 싶을 정도로 싸우는 커플도 있었다. 그리고 나는 그런 그들의 싸움에 관심이 많았다. 사랑싸움의 서막은 모두 다르지만 대부분 많은 싸움의 시작은 정말 사소한 것에서 시작했다. 빨대를 가만히 두지 않고 씹는 모습을 지적하거나, 내 말에 집중하지 않는다고 핀잔을 준다. 과거에 말했던 내용을 기억하지 못하거나, 다리를 떨거나, 심지어는 말투를 가지고 싸우기도 했다. 그런 모습들을 조용히 관찰하면서 항상 훌륭한 교보재라고 생각했었다.

　나는 나중에 저러지 말겠다고 생각하면서 말이다.

　연애를 시작한 후에도 나의 공감은 잘 통했을까? 상대적으로 사소한 다툼이 덜하기는 했다. 하지만 역시 이론과 현실은 너무 달랐다. 연애를 시작한 지 30일 남짓 지났을 때였다. 이런 일이 있었다. 한창 추운 겨울 여느 때와 다르지 않게 데이트를 마쳤는데 이미 꽤 오랜 시간이 지나 있었다. 평소 '택시몬'으로 불렸던 만큼 귀가할 때 택시를 애용했던 아내였기에 추운 날씨를 생각해 별 고민 없이 길거리에 나와 택시를 잡아주었다. 하지만 그 순간 직감적으로 분위기가 잘못되었다는 것을 감지했다. 아내는 추운 길거리에서 서로 싸우고 싶어 하지는 않았다. 집으로 출발하는 택시에 탑승했지만, 아내의 서운한 표정은 아직도 기억날 만큼 생생하다.

　나는 무엇을 잘못했을까? 잘못이 있다고 보기는 어렵

다. 그렇지만 제대로 공감했다고 보기도 어렵다. 이렇듯 공감이란 그저 글로만, 이론으로만 습득할 수 있는 영역은 아니다. 모든 사람이 느끼는 감정이 같지 않다. 설령 같은 사람이더라도 처한 상황에 따라 얼마든지 바뀔 수 있다. 남녀노소 불문하고 '저 사람은 센스가 있어.'라는 말은 첫인상을 결정하는 표현 중 최고의 표현이라고 생각한다. 추상적으로 들릴지 모르는 '센스'는 생각보다 대단한 것을 필요로 하지 않는다. 식당에서 수저를 먼저 차려 준다. 상대방의 평소 옷차림이나 즐겨하는 액세서리를 기억한다. 심지어 좋아하는 음식이나 술의 종류를 기억한다.

당연히 확실한 멘트를 함께 날려주는 것은 나의 재량이다. "역시 술은 소주죠? 여기요! 참이슬 시원한 병으로 하나 주시겠어요?" 센스를 결정하는 것은 거대한 심리학적 담론을 논하기보다 생각보다 작고 별것 아닌 것에서부터 출발한다. 오늘부터 가까운 나만의 공감 아지트를 만들어 보고 작은 것부터 시작해 보자. 나 또한 그러했듯이 시작은 생각보다 어렵지 않다.

작은 순간에 담긴 감동

우리의 작은 이야기.

작은 공감에서 시작하는

큰 사랑의 시작.

EP.2

척의 기술

공감의 가치와 그 위대함에 대해서 찬양한다. 공감이 내게 만들어준 많은 기회와 인연은 그것을 증명한다. 하지만 세상의 모든 가치가 그러하듯 완벽하지는 않다. 어떻게 공감하고 그 공감을 어떻게 활용하는지에 따라서 오히려 독이 될 수 있다. 공감은 사람이 느끼는 수많은 감정 중 하나다. 좋은 공감까지 이르기에 많은 연습과 경험이 의식적으로 뒷받침되어야 한다. 공감이라는 행위 자체는 일순간에 피어오르는 감정이다. 사람마다 살아온 환경과 경험이 달라서 감정을 표출하는 방법이 다르다. 좋은 공감을 하는 방법이 다를 수밖에 없는 이유이기도 하다.

내일은 다르기를 기대하는 너에게

좋은 공감을 이야기하기에 앞서 좋지 않은 공감에 대해 먼저 이야기해 보려 한다. 오늘의 기억을 잠시만 돌려보자. 오늘 하루 누군가와는 대화를 시도했을 것이다. 내가 먼저 시작하지 않았더라도 누군가는 내게 말을 걸어 주었을 것이다. 이상하리만큼 대화에 집중되지 않았거나 자리 자체가 불편했을 수 있다. 우리는 심심치 않게 매일 이런 상황에 빈번하게 노출되어 있다. 단순히 관심 없는 분야라고 치부할 수도 있다. 하지만 상대가 나의 조그만 관심도 끌어낼 수 없도록 공감하는 '척'했을지 모른다.

좋지 않은 공감은 '척'이다. 관심이 없는 데 관심이 있는 척, 알지 못하지만 알고 있는 척이다. 나는 개인적으로 '척의 기술'이라고 말한다. 일반적으로 척이 부족한 나를 들키고 싶지 않아 포장하는 방법으로 쓰이기 때문이다. 이런 포장이 많은 사람에게 대부분 관심을 가지기 어렵다. 이유는 너무 명확하다. 나에게 주어진 시간은 모두에게 균등하면서 공평하다. 똑같이 주어진 시간 안에서 최대의 가치와 기회비용을 고민하기에 거짓되거나 인위적인 모습에는 호감이 생기지 않기 때문이다.

    연애 초반에 데이트로 영화관에서 영화를 자주 본다. 지금은 많은 OTT 플랫폼이 등장했고 꼭 영화관을 가지 않더라도 여러 장소에서 콘텐츠를 볼 수 있다. 우리 부부도 영화관을 간 지 오래되었지만, 연애 초반에는 한 주가 멀다 하고 극장을 방문했었다. 아직 개인적으로 함께 영화를 보는 것만큼 편하게 감정적인 매력을 보여주기 좋은 데이트도 없다고 생각한다. 서로에게 호감은 있지만 더 큰 매력을 느끼기 위해 알아가는 단계에서 확실한 매력 어필을 할 수 있는 절호의 기회가 되기도 한다. 나도 크게 다르지 않았다.

    연애를 시작한 뒤 처음으로 맞이한 크리스마스였다. 여느 커플과 마찬가지로 점심시간에 만나 영화를 보고 간단히 저녁을 먹기로 했다. 그때 봤던 영화가 한석규 배우님이 주연으로 출연하셨던 〈상의원〉이었다. 질투에 눈이 먼 주인공이 계략으로 경쟁 상대를 죽인다는 누구나 예상할 수 있었던 쉬운 결말의 영화였다. 감수성이 풍부해 보이고 싶었던 철없던 나는 그렇게 뻔한 결말에도 눈물을 보이는 촌극을 벌였다. 그리고 그 촌극의 끝은 전혀 예상치 못한 마무리로 이어졌다.

"평소 너답지 않게 이런 거에 눈물을 보이고 그래?"

그렇다. 매력이 돋보이고 싶었던 촌극은 오히려 의심만 낳은 끝을 맺었다. 수년이 지나서야 애교 섞인 촌극에 대해 우리 부부 웃음거리가 되었지만, 나는 그 이후로 잘 보이기 위한 '척의 기술'을 완전히 버렸다.

공감하는 척,
가려진 마음을 감추며
웃음과 울음으로 꾸며 놓은 이야기.

얕은수에 담긴
실제보다 더 깊은 어둠.

EP.3

잘 해주려 하지 말고

나는 10년 연애 끝에 결혼했다. 우리 부부는 10년 차인 지금까지 굵직하게 싸우거나 오랜 기간 감정을 붉힌 적이 없다. 오히려 주변에서 우리 부부의 다름을 이야기한다. 성별에서 오는 사고방식의 차이와 가치관 차이의 존중을 넘어 관계를 지속하지 못할 만큼의 큰 싸움은 없었다. (아내에게 사실 관계를 물어봤다.) 오랜 기간 만나면서 비교적 사소한 감정적 서운함과 말다툼은 분명히 있었다. 하지만 우리는 싸우더라도 현명하게 싸웠다.

항상 싸움은 사소한 것에서 시작한다.

내일은 다르기를 기대하는 너에게

"밥 먹는데 다리를 왜 이렇게 떠느냐?"

"회식하고 들어가는데 왜 연락이 안 되느냐?"

"오늘 데이트 날인데 왜 아무것도 계획이 없느냐?"

심지어는 음식 메뉴 선택을 하면서 아무거나 괜찮다는 말도 다툼의 원인이 된다. 정작 큰 싸움으로 번졌을 때 싸움의 주제는 전혀 다른 곳에 있다. 일반적으로 겨울철과 같은 건조한 날씨에는 산불방지를 위해 조그마한 불씨도 조심하자는 메시지를 전달한다. 큰 산불로 번지고 나면 넓은 면적이 다 불타고 나서야 꺼지기 때문이다. 때로는 수백 일이 지나서 불길이 잡히기도 한다. 연인과의 싸움 역시 마찬가지다. 공감과 이해의 영역은 명확하게 다르다. 나는 잦은 다툼으로 스트레스를 받은 커플인 주변 지인에게 항상 이해하려 하지 말고 공감하라고 조언한다. 완벽한 이해에는 보상 심리가 따른다.

'나는 분명히 지난번에 회식 때 연락을 잘했는데.', '지난 데이트 때는 내가 코스도 제안하고 메뉴도 골라 왔는데.'

라고 말이다.

시간이 좀 지나긴 했지만, 사람들의 성향을 16개로 구분한 MBTI가 한창 유행이었다. 수많은 사람의 성향을 16개만으로 정의할 수는 없다. 실제로 1,600만 개 이상의 성향이 있다고 봐도 무방하다. 시간과 장소에 따라 본인과 똑같은 성향의 사람과 연애하는 것은 불가하다. 연애를 포함한 대부분의 인간관계에서 설령 비슷할지라도 나와 완벽하게 똑같은 생각과 행동을 하는 상대는 없다. 연애에서 작은 불씨를 큰 산불로 키우지 않는 법은 억지로 이해하려 하지 않고 다름을 빠르게 받아들이는 것이다.

"저는 곧 죽어도 연락 잘 안되는 건 참을 수가 없는데요. 이런 것도 그냥 받아들여야 하나요?"

너무 냉정한 말일 수 있다. 관계가 오래가기 어려울 가능성이 높다고 생각한다. 단순히 연락이 안 된다는 행동 결과에 대한 의미가 아니다. 핵심은 연락이 안 된다는 상대 행동보다 참을 수 없다는 내 의지에 있다. 다름의 인정이 허용되는 공감과 인내의 용량은 사람마다 다르다. 나이가 들고 여러 경험이 많아지면서 허용 용량이 커질 수도 있다. 하지만 관계 유지를 위해 반드시 지켜주어야 할 항목도 있다. 1부터 100까지 모두 잘 맞을 수는 없다. 나 역시 오랜 연애의 시작은 마찬가지였다. 그래서 우리는 연애 초기 참을 수 없는 3개를 정했다. 우리의 연애 관계에서 정해진 3개의 규칙은 마치 절대 반지와 같았다. 두 사람 모두 3개의 항목은 꼭 지켜주려 노력했고 정말 어쩔 수 없는 상황에는 변명보다 설명으로 공감을 구했다.

[아내의 절대 반지]
- 늦게 들어가더라도 위치는 알려주기
- 대화할 때는 휴대전화는 보지 않기 (중요한 일이라면 양해 구하기)
- 손톱 뜯지 않기

[나의 절대 반지]
- 술은 감당할 수 있을 정도로만 마시기

‒ 어떤 일이든 조급하게 닦달하지 않기

‒ 각자 개인의 시간은 존중해주기 (대신 만날 때는 서
  로에게만 집중하기)

  아직도 잘 모르겠다면 어렵지 않다. 오늘 회식이 있다
면 장소를 옮길 때마다 메시지만 잘 남겨주자. 메뉴가 무
엇인지, 이성이 있는지, 사진까지 찍어서 보고할 필요 없
다. 연애는 일이 아니다. 오늘부터 조금만 디테일을 신경
써보자. 조금은 달라진 연애 2막을 열게 될 것이다.

  적어도 마음을
  위조하지는 말자.

  관계의 진심을
  희미하게 만들 테니.

EP.4

단답형 여자 친구

　지금은 더할 나위 없이 편한 대화를 이어갈 수 있지만, 마냥 처음부터 그렇지 않았다. 아내의 대화법은 극한의 단답형이었다. "네, 아니요, 그래, 아니." 네 가지 단어로만 대화할 수 있다는 것을 처음 알려준 사람이었다. 유난히 썸을 오래 탔음에도 불구하고 연애 이후에도 어색한 기간이 생각보다 짧지 않았다. 평소에 사람과의 대화에 능하다고 자부하는 편이었는데 늘 여자 친구와의 대화를 이어가는 것은 쉽지 않았다. 공감을 불러일으킬 수 있는 대화 주제를 준비하는 것도 하루 이틀이었다. 매일 그런 주제를 찾아보기도 쉽지 않았다. 주변의 조언을 듣거나 참고가 될 만한 유튜브 영상을 보면서 나름대로 많이 노력했었다. 단답형으로 대답할 수 없는 질문을 만들거나 대화가 두 마디 이상 이어질 수 있는 질문을 준비했다. 하지만 연애가 길어지고 시간이 오래 흐르면서 그 또한 아주 큰 도움은 되지 않았다. 그래서 단계별 단답형 유형을 길들이는 방법을 이야기해 보려 한다.

1. 만나기 전 – 100일

이 시기는 그저 만나기만 하고 대화를 나누기만 해도 누구나 행복하다. 아마 답장이 온다면 그 내용이 단답형이라도 입가에 미소가 지어진다. 내가 좋아하는 사람에게 연락받는데 내용이 중요하지 않은 결정적인 시기이기도 하다. 단답형이 반복되면 '나에 관한 관심이 없나?'라는 생각에 약간의 서운함이 들기는 한다.

그래도 당장 서운함에서 끝날 뿐 굳이 바꾸려 하지 않는다. 있는 그대로의 모습을 보면서 사랑스럽다는 생각을 유지한다. 오히려 내가 스스로 더 노력한다. 상대가 좋아하는 것은 무엇인지 알아가고자 한다. 아직 서로가 알

내일은 다르기를 기대하는 너에게

고 있는 것이 많지 않아 알아가려 한다. 선을 넘는 질문은 하지 않는다. 자칫 사람보다 조건을 먼저 보는 사람으로 낙인찍히고 싶지 않기 때문이다. 신뢰가 쌓인다. 첫 신뢰는 관계 유지에 너무 중요한 역할을 한다. 독촉하지 말아야 한다. 나와 만나기 전 평생을 그렇게 살아온 사람이다. 100일 만에 무엇을 바꿀 수 있겠는가? 천천히 시간을 가지고 더 많은 것을 알아 가보자. 더는 참을 수 없다면 나는 그 사람을 사랑하지 않는다.

2. 100일 – 5년

가장 극적인 연애를 경험한다. 좋아했던 만큼 단점도 눈에 보이기 시작하고 콩깍지가 벗겨지기도 한다. 이제는 상대의 단답이 싸움의 원인이 되기도 한다. 모든 것을 공감해 주던 시절은 지나고 어느새 자꾸만 고치려 드는 내 모습을 보게 될지도 모른다. 여전히 바꾸려는 마음을 고치자. 내가 상대를 바꾸려 들면 상대도 나를 본인의 입맛대로 바꾸려 들 것이다. 바꾸려는 노력 대신 지키려는 노력을 해보자. 있는 그대로의 모습을 지켜주는 것이다. 관심 없는 분야를 장황하게 늘어놓기보다 내가 먼저 상대가 좋아하는 것이 무엇인지 알아보자.

평소 먹는 것을 좋아하는 사람이라면 직접 "무엇을 먹을래?"라고 물어보는 것은 단답형 유형과 대화를 이어 가기 너무 어렵다. 보통 대화의 빌드업이라 표현한다. 직접 음식 메뉴를 묻기보다 메뉴 선정까지 가기 위한 대화 말이다. 날씨는 어떠한지, 가고 싶은 곳은 있는지 물어본다. 그러면서도 단답은 이어지겠지만 대화가 풍부해짐을 느끼는 나의 마음은 달라질 것이다. 특별함은 항상 사소함에서 비롯된다. 너무 복잡하게 꼬지 않고 단순하게 '네, 아니요.' 답을 내려주는 상대에게 고마움이 느껴진다.

3. 5년 이상

단답형이라도 답을 해주는 것에 고마움을 느낀다. 편안한 분위기에서 대화가 익숙해졌다면 대화의 빈도를 조금 더 늘려보자. 단답과 장답의 구분이 정답이 아니다. 단답을 유머러스하게 받아칠 수 있는 위트를 장착하게 되었

내일은 다르기를 기대하는 너에게

을지도 모른다. 예를 들어, "오늘 뭐 먹을까?"라는 질문에 "몰라. 아무거나."라는 답변을 받았다. 나라면 3개 이상의 메뉴를 정하고 모든 메뉴를 먹어야 하는 상세한 이유를 모두 적어 답장을 보냈을 것이다. 마지막 멘트와 함께 말이다. "이래도 아무거나 먹을 거야?" 단답을 내가 원하는 대답으로 끌어내는 연습을 하자. 반대로 상대도 나에게 질문하도록 만들자. 계속해서 호기심을 유발해야 한다.

그리고 이것은 반전 매력이 된다. 평소 둘이 만나 즐겨 먹던 단골 메뉴가 있다면 하루는 전혀 예상할 수 없는 메뉴를 선정해 본다.

하루는 평소 입던 스타일에서 완전히 벗어난 연출을 해보는 것도 좋다. 연애하는 상대로 하여금 '왜?'라는 물음표가 뜰 만큼만 변화를 주어 보자. 물음표가 느낌표로 바뀌는 순간 당신의 매력에 빠진 채 정말 헤어 나오기 어려워진다. 단답형에 단답형으로 받아보는 것도 좋다. 하지만 단답과 퉁명스러움은 다르다. 짧아진 나의 답변에 약간의 당황과 '왜 이러지?'라는 의문을 남긴다. 쌀쌀맞음의 서운함을 느끼지 않도록 온도를 잘 유지하는 것이 중요하다. 장기 연애의 편안함을 당연함으로 치부하지 말자. 단답형 여자 친구를 바꾸기보다는 가끔은 내가 먼저 바뀌어 보자. 어느새 달라진 상대의 모습을 마주하게 된다.

생각보다 많은 사람이 작은 문제로 다투고는 한다. 반복된 다툼은 내성을 만들고 어느새 큰 싸움으로 번진다. 조금만 더 센스 있는 사람이 먼저 되어보자. 그리고 난 뒤 단답형 여자 친구의 답답함을 호소해도 절대 늦지 않다.

관심이 없어서
사랑이 식어서
그러한 것은 아니다.

그저
방법을 몰랐을 뿐.

EP.5

나 오늘
달라진 곳 없어?

　세상의 모든 남자 친구가 두려워하는 말이다. 그렇지만 생각보다 자주 접하는 말이기도 하다. 연애 10년 차면 상대방 얼굴의 점의 위치까지 다 알 것 같다. 예상에서 벗어나서 처음 알게 되는 사실에 놀라기도 한다. 얼마 전 바쁜 중에도 시간을 내어 오랜만에 데이트를 즐겼다. 차를 타고 데이트 장소로 이동하는 길에 새로 산 목걸이를 예쁘다고 칭찬하다가 목 뒷덜미에 있는 아내의 점을 봤다. "원래 이 자리에 점이 있었어?"라고 물었더니 아내가 흠칫 놀라면서 이제야 알았느냐고 되물었다. 애교 섞인 꾸지람을 들었다.

10년이면 강산이 변한다고 한다. 나도 10년 동안 아내를 만나면서 웬만하면 아내의 모든 것을 다 알고 있다고 생각했다. 그 순간은 아직도 서로 알아가는 데는 부족함이 있다고 생각하게 된 계기가 되기도 했다. 생각해 보면 "나 오늘 어디 달라진 곳 없어?"라는 말은 실제로 상대를 시험에 들게 만들려는 의도가 아니다. 너를 위해 특별히 기존과는 다르게 변화를 주었는데 나를 칭찬해 줄 수 있겠냐는 의도에 더 가깝다. 나를 시험에 들게 하려는 의도를 가졌다고 생각하면 대화의 시작부터 기분이 상할 수 있다. 칭찬을 갈구하는 의도를 가졌다고 생각하면 기분이 나쁘기보다 오히려 애교 어린 상대의 행동에 기분이 함께 좋아지고 더 적극적으로 바뀐 것이 없는지 더 자세하게 보게 된다.

　같은 말이더라도 기분이 달라지는 이유를 생각해 보자. 달라진 곳 없느냐는 질문이 퀴즈를 맞히듯이 상대에게 초점이 맞춰져 있으면 안 된다. 나를 위해서 바뀐 모습을 보여주었다고 생각을 바꾸어 본다. 상대의 바뀐 모습이 무엇인지 알아보기 위해 노력하는 내 모습을 마주한다. 오히려 요즘 들어 먼저 물어본다. 오늘은 이전과 다르게 바뀐 모습이 없느냐고 말이다. 돌이켜보면 편안함에 익숙해져 변화에 너무 무던하게 바뀌게 되었을지 모른다. 그래서 내가 먼저 변화를 받아들이기도 한다. 머리를 드라이할 때 가르마를 지난주와는 다르게 스타일링 하거나 전에 없던 액세서리를 착용해 본다.

상대의 언행을 받아들이는 마음가짐의 사소한 변화가 관계를 돈독하게 만들어 간다. 서로의 신뢰를 형성해 나가는 과정이라고 추측한다. 입장을 바꿔 생각해 본다. 주말 동안 시간 들여 헤어스타일을 바꾸었다. 주말이 지나고 학교나 회사에 갔을 때 먼저 알아봐 주었다면 당신의 기분이 어떠했는지 말이다. 타인의 관심에 대한 민감도를 떠나 나의 변화를 알아봐 주고 칭찬을 듣는 것만큼 기분 좋은 일이 흔치 않다.

무엇이든 강제하지 말아야 한다. 너를 위해 변화를 시

도했을 뿐 그 변화에 대한 감지를 강제해서는 안 된다. 나를 위한 변화를 상대에게 강제하지도 말아야 한다. 모든 것은 자연스러움 속에서 나온다. 자연스러움 속의 변화가 우리의 관계에도 긍정적인 역할을 할 수 있다면 조금 더 관심을 두게 된다. 매일 나를 만날 때 입고 있는 옷의 재질이나 색상에 대해서도 관심이 생긴다. 머리색이나 화장법, 액세서리의 유무에 대해서 누가 강제하지 않더라도 스스로 관심을 두게 된다.

항상 다른 사람에게 무언가를 해보라고 말하기 전에 내가 먼저 해본다. 꼭 10년이 아니더라도 긴 시간 연애를 하면 상대가 나의 변화에 무뎌져 적지 않은 다툼과 서운함이 몰려올 수 있다. 서운함이 관계를 해치지 않을 방법을 담았다.

첫째, 퀴즈가 아니다

정답을 맞히는 게임이 아니다. 정답까지 맞추어 나가는 과정이 곧 해답인 게임이다. 꼭 정답이 아니어도 좋다. 맞추려고, 변화를 알아보려는 노력을 보여주자.

둘째, 기억하자

섬세한 기억은 상대에 관한 관심과 비례한다. 머리부터 발끝까지 기억하라는 의미가 아니다. 내가 감동하였던, 혹은 우리의 이야기를 만들 수 있는 기억을 만들자.

셋째, 나도 변화한다

당연한 것은 없다. 상대의 변화가 나를 위한 것이라고 생각해 보자. 한 번쯤은 나도 상대를 위해 변화해 보자. 거창하지 않아도 좋다.

연애는 퀴즈가 아니다.
그래서 정답도 없다.

맞추어 갈 뿐
맞히지 않는다.

EP.6

기분은 정말 잠깐이다

   10년이라는 세월이 흐르면 웬만한 서운함은 서로 드러나지 않게 묵힐 수 있다. 그럼에도 아주 가끔은 사람이기 때문에 감정이 벅차다. 아주 자연스럽다. 30년씩 매일 같이 마주하면서 산전수전 모두 겪은 나의 부모님도 그러하셨다. 고작(?) 10년의 만남에서 모든 감정을 배제한 채 해탈했다고 보기는 어렵다. 어떤 감정이 들더라도 하지 말아야만 하는 말 한마디를 소개해 보려 한다. 나의 어머니는 나의 연애를 지켜보면서 이성을 향하는 올바른 마음가짐에 대해서 항상 아낌없이 조언하셨다. 좋아하는 것을 10개 해주려 하기보다는 싫어하는 것 1가지를 꼭 하지 말라고 하셨다. 말도 마찬가지이다. 상대가 좋아하는 말만 해주려고 하기보다는 상황을 악화시킬 수 있는 말 한마디를 하지 않는 것이 더 중요할 수 있다.

10년 차에 부부가 된 우리 커플도 서로에게 서운하고 미운 감정이 들 때가 있다. 그래도 절대 하지 않는 말이 있다. "이럴 거면 우리 헤어져."라는 말이다. 둘 다 이 말이 서로의 관계를 얼마나 크게 무너뜨리는 말인지 명확하게 알고 있다. 처음부터 생각이 같지는 않았다. 서로 성장해 온 환경이 다르고 나이가 들면서 사고하는 가치관이 다르니 싸움이 없을 수는 없다.

연애를 시작한 지 이제 막 2년이 되었던 때였다. 여느 커플이 그러듯이 싸움의 시작은 아주 사소한 것에서부터 시작했다. 주말 데이트를 앞두고 데이트 코스와 함께 먹을 점심 메뉴를 고르고 있었다. 평소 입맛도 비슷했기에 큰 어려움 없이 코스를 짤 수 있을 거로 생각했다. 하지만 그날따라 이상하게 의견을 맞추기가 너무 어려웠다. 그리고 '아무거나'로 일관하는 여자 친구의 답변에 인내심의

한계가 다가왔다. 각자 인생의 큰 굴곡 탓에 서로의 관계에 소홀해졌을지도 모른다. 서로가 먹고 싶었던 저녁 메뉴가 달랐을 뿐인데 결론은 '우리는 잘 맞지 않는다.'로 내려졌다. 메뉴 선정은 과거에 묵혀 두었던 서운함을 모두 끄집어냈고 서로가 따로 시간을 갖는 결과를 맞이했다.

그 이후에는 어떻게 되었냐고? 비가 온 뒤 땅이 굳어진다는 말이 있듯이 서로가 더 돈독한 사이가 되는 결정적인 계기가 되었다.

첫 번째, 길지 않았다

분명 서로 잠시 떨어져 각자만의 시간을 가지기로 했다. 그것이 영원한 헤어짐을 의미하기보다 생각을 곰곰이 되짚어 볼 기회가 되었다. 상대의 소중함을 느끼기로 한 시간이었다. 그래서 관계의 절단까지는 고려하지 않았다.

두 번째, 끝을 보지 않았다

우리는 알게 모르게 끝을 보는 말을 어렵지 않게 꺼내

내일은 다르기를 기대하는 너에게

고는 한다. 연인을 떠나 사람과의 관계에서도 끝을 볼 수 있는 말을 대수롭지 않게 꺼내고는 한다. 가장 대표적인 말이 바로 헤어지자는 말이다. 헤어지자는 말을 무조건 아주 하지 말라는 것이 아니다. 관계를 정리할 확신이 든다면 무방하다. 단지 기분과 감정에서 작은 불꽃이 튀어 이후에는 감당할 수 없는 말을 하지 말라는 의미다.

기분은 아주 잠시다. 특별히 인내심이 두껍고 유독 잘 참는 사람이 따로 있지 않다. 그만큼 당신과 당신과의 관계를 소중히 할 뿐이다. 순간에 드는 감정을 길게 끌고 가지 말자. 절대 그 감정과는 무관한 다른 일들을 끌어와 붙이려고 해서도 안된다. 끝을 보는 말도 조심해 본다. 끝을 낼 이유가 없고 끝을 내고 싶지 않다면 말이다.

끝을 정의하고
그 끝에 서 있다.

가지 않아도 될 그 끝에

사랑하는 사람과 서 있다.

나는 더는

사랑하지 않는다.

EP.7

멀리 떠나본다

지금까지 여행을 싫어하는 사람을 아직 만나보지 못했다. 개인적으로도 여행을 참 좋아하는 편이다. 학창 시절부터 부모님을 따라 여행을 많이 다니기도 했고 성인이 된 이후에도 여행을 다니려 노력했다. 많은 여행 중에서도 가장 큰 설렘과 행복은 첫 경험에서 비롯했다. 연애를 시작하기 전에는 여럿이서 함께 하는 여행보다 혼자 다니는 여행을 선호했다. 여러 사람의 취향을 맞추지 않아도 되고 여행에서 가장 중요한 시간을 자신의 의지대로 조절할 수 있기 때문이었다. 그래서 연애를 시작한 뒤에도 아내와 함께 여행을 가기까지 꽤 오랜 시간이 걸렸다.

아내와 첫 여행을 함께하고 나서 생각이 조금 바뀌었다. 우리의 첫 여행지는 다른 20대 대학생의 커플과 크게 다를 것 없이 푸른 파도가 부딪치는 강원도 강릉이었다. 당시만 해도 외박이 허락되지 않은 아내의 많은 용기와 선의의 거짓말(?)이 필요했다. 마냥 설레고 좋을 것만 같은 첫 여행이었다. 실제로 많은 기억이 좋은 추억으로 남아 있기도 했다. 우리 부부가 1년 차 부부이자 11년 차 연애를 하고 있는 계기이기도 하다.

일반적인 데이트와 달랐다. 꼭 결혼을 염두 하지 않더라도 이미지 메이킹 되어 있는 아내와 나를 솔직하게 파악할 좋은 기회가 되었다. 하룻밤의 먹거리를 준비하기 위해 장 보는 것부터 시작이다. 남기더라도 나는 최대한 넉넉하게 구매했다. 아내는 꼭 필요한 것만 구매하고 부족하면 장을 더 보기를 원했다. 시작부터 심상치 않음을 알리는 서막과도 같았다. 간접적으로 집에서의 생활을 가늠할 수 있는 단 1박의 여행에서도 서로 너무 다른 부분이 많다는 것을 몰랐다. 우여곡절 끝에 저녁 식사를 마치

내일은 다르기를 기대하는 너에게

고 2차를 준비하면서도 서로 다른 부분을 발견했다. 아내는 물 한 잔이라도 마시고 나면 제때 설거지했다. 나는 모든 식사와 티타임을 마친 후에 한 번에 몰아서 설거지했다. 나는 한겨울에도 얇은 이불 한 장이면 충분했다. 아내는 한여름에도 솜이불과 전기장판이 없으면 추워서 잠에서 깼다. 여행에서 어떤 곳을 가더라도 사진과 동영상으로 기록을 남기기 좋아했던 나는 눈으로만 추억을 담아내는 아내의 모습이 도저히 이해가 가지 않았다.

설렘 가득 안고 출발했던 첫 번째 여행은 좋은 추억도 많이 남겨주었지만, 서로의 다름도 못지않게 많다는 것을 알려 주었다. 콩깍지가 벗겨지지 않았지만, 현실적으로 다름을 인정하게 된 계기가 되었다. 다름에 대한 인정은 오히려 연애 관계에 있어서 시너지를 만들었다. 서로 다른 부분이 어떤 것인지 알았다. 좋아하고 싫어하는 부분이 무엇인지도 알았다. 알게 되었으니 굳이 말하고 싸우지 않더라도 배려하고 양보하는 연애로 이어졌다.

첫 여행을 다녀온 후로 더 많은 여행을 계획하고 실제로 떠났다. 지금까지 많은 여행을 다녔지만, 여행을 다닐 때마다 꼭 서로 다른 점을 발견하게 되고 그 과정에서 믿고 의지하는 계기가 된다. 맞춰주려고 하지 않아도 맞춰주고 있다. 낯선 환경에서 더 나은 추억을 위해서 힘들더라도 조금씩 참고 도와준다. 전우애라고 표현하기는 조금 거창하기는 하지만 아마도 비슷한 감정이지 않을까 싶다. 여행을 다녀오고 나면 한결 더 돈독해진다. 그래서 우리 부부는 관계가 소원해지거나 돈독함이 떨어질 때마다 일부러 여행을 계획하기도 한다.

여건이 가능하다면, 아니 여건을 만들어서 가급적 꼭 같은 공간에서 생활해 볼 수 있는 1박 이상의 여행을 권장한다. 나와 천생연분이라고 생각했던 사람의 다른 면모를 보면서 오히려 더 솔직한 관계를 만들 수 있는 계기를 만들 수 있다. 절대 후회하지 않을 선택이 된다.

내일은 다르기를 기대하는 너에게

오감을 자극하는 풍경과 음식,

그것만이 전부는 아니다.

비로소

너와 함께할 때

진정한 우리가 될 수 있으니.

EP.8

센스 있는 사람

일반적으로 배려심 깊은 사람은 긍정적인 의미로 받아질 때가 많다. 인도를 걸을 때도 차도 쪽으로 걸어주는 남자, 어디를 방문하든 문을 먼저 열어주거나 잡아주는 남자에게 호감을 느낀다. 배려 있는 행동을 짚어보자면 셀 수 없이 많다. 그래서 우리는 연애에서 대부분 배려심에서 기반한 센스 있는 남자와 여자가 되고 싶어 한다. 대놓고 겉으로 티를 내지는 않지만 스스로 만족할 만한 행동 후에 스스로 칭찬을 하기도 한다.

'나 정도면 그래도 센스 있는 사람이지.'

내일은 다르기를 기대하는 너에게

센스 있는 행동은 다른 사람도 그렇게 느껴야 한다. 내가 신경 쓴 세심한 배려가 부담스럽거나 불편하지 않고 자연스럽게 스며들어야 한다.

지인의 커플과 함께 저녁 식사를 함께하고 2차를 위해 이동해야 했다. 거리가 있어 각 커플끼리 택시를 타고 이동을 준비하고 있었다. 택시가 도착했고 너무나도 자연스럽게 배려한다는 생각으로 아내를 먼저 태웠다. 그리고 마치 아내를 먼저 태운 것이 큰 배려라고 생각했는지 아내가 안쪽 자리까지 탑승하기까지 뒷문을 붙잡고 있었다. 택시 안에서 아내가 이야기했다. "왜 우리가 같이 택시 타면 꼭 늦게 타는 거야?" 밝게 웃으면서 물어봤지만, 질문의 내용으로 무언가 잘못되었다고 직감이 들었다. 하지만 여전히 정답은 알 수 없었다. 고맙게도 아내는 오답 노트를 친절하게 작성해 주었다. 배려심에 기반을 둔 센스의 영역은 남녀가 너무 다름을 알게 되었다.

남자는 대부분 '먼저'라는 개념이 장착되어 있다. 좋은 일이든 좋지 않은 일이든 솔선수범하여 해결하면 그것이 '남자답다'라고 생각한다. 하지만 여자에게는 모든 것이 일반적이지 않다. 둘이 함께 타는 택시에 여자가 먼저 탑승한다면 아무래도 몸을 비집고 안쪽 자리까지 들어가야 한다. 안쪽까지 들어가는 것도 성가신데 만약 치마라도 입었다면 더욱 불편할 것이다. 좁은 공간에서 의식까지 하는 모습을 군이 남편이나 택시 기사한테 보여주고 싶을까?

   나름대로 센스 있는 남자라고 자부했지만, 뒤통수를 세게 맞았다. 사실 택시를 안쪽 자리에 타거나 바깥 자리에 타는 건 호불호의 문제는 아니다. 계단을 오를 때도 같은 개념이다. 일반적으로 남자들은 여자가 먼저 오르고 그 뒤를 받쳐야 안정적이라고 느낀다. 하지만 대부분 여자는 본인이 감지할 수 없는 시공간에서 본인이 노출되는 것을 적잖이 꺼린다. 남자가 먼저 오르면서 뒤를 봐주거나 가능하다면 같이 손을 잡고 올라가면 훨씬 더 좋다.

   센스 있는 남자라면 배려를 위한 배려를 하지 말자. '이

내일은 다르기를 기대하는 너에게

렇게 하면 센스 있는 남자로 보이겠지?'라는 의식적인 남자의 모습은 대부분 여자에게 간파당한다. 여자들은 여자에게 없는 남자다운 배려심에 호감을 느낀다. 설령 찰나의 순간은 배려받지 못했다고 생각하더라도 선의의 의도가 있었음을 알게 된다면 본인이 예상하지 못했던 배려에 센스 있는 남자라고 역으로 생각하기도 한다. 그래서 센스를 갖추기 위해 많은 대화가 중요하다. 내 여자는 어떤 것을 좋아하고 싫어하는지, 그것에 기반을 둬 자연스러운 행동으로 보였을 때 비로소 센스가 완성된다.

반대로 남자가 느끼는 센스 있는 여자는 어떤 모습일까? 10년 동안 만난 아내와 연애를 넘어 결혼까지 결심한 결정적 이유는 센스 있는 여자였기 때문이다. 내 기준에서 센스 있는 여자는 상황과 환경에 따라 나를 가장 잘 이해하고 공감해 주는 여자였다. 꼭 나를 위한 행동이 아니더라도 평균적으로 남자가 선호할 만한 센스를 갖추었다. 주변의 지인 모두 입을 모아 공감한다.

아내는 데이트를 마친 후에 집에 데려다주는 것을 항상 원치 않았다. 그때는 내가 여자 친구를 잘 모르는 시기였기 때문에 흔히 생각하는 내숭과 같은 것으로 생각했다. 그때까지 내가 알고 있던 연애의 기본은 '원하면서도 원하지 않는 여자의 간접적 대화법에 익숙하라.'였기 때문이다. 하지만 몇 번을 데려다준 뒤 아내가 귀띔으로 연애는 글로 배우지 말아야 함을 느꼈다. 연애를 시작한 후에도 먼 길을 마다하지 않고 늘 아내의 귀가를 함께했는데 하루는 본인을 집까지 데려다주는 것이 싫다고 말했다.

너무 궁금해서 이유를 물어보니 아내는 연애 초기에 아내의 집 주소나 위치가 노출되는 것을 원치 않았다. 연애 초기 집 근처에서 가족이나 지인을 만나는 상황도 마주하고 싶지 않았다. 그런데 사실 더 큰 이유가 있었다. 데이트는 똑같이 하는데 여자 친구를 집까지 데려다주고 다시 돌아가면 그 피로나 고생은 내가 모두 떠안아야 한다는 것이었다. 이기적인 여자 친구로 보이기 싫어 포장하려는 의도였을 수도 있다. 하지만, 그 말을 들었던 남자 친구로

내일은 다르기를 기대하는 너에게

서 그 순간이 얼마나 배려받는다고 느꼈을지는 굳이 설명하지 않아도 된다.

　남자만의 시공간을 공감해 주는 것도 매우 중요하다. 이해하기 어렵다면 그 자체로 받아들이는 것이다. 평일 일을 마치고 친한 친구와 같이 술을 마시거나 한 달에 한 번쯤 주말 데이트 없이 온전히 남자 혼자 보낼 수 있는 시간을 준다. 게임을 좋아하는 남자라면 한 번은 같이 피시방을 간다. 운동을 좋아하는 남자라면 한 번쯤 같이 헬스장을 함께 간다. 일반화할 수 없지만, 본인이 원하는 것에 만족감을 느끼면 그 이상의 것을 만족하게 해준 상대에게 베푸는 경향이 있다. 상대를 통해 만족감을 지속해서 채우고 싶기 때문이다.

　센스 있는 남자가 되기 위해 스스로 착각하는 배려를 경계해야 한다면, 센스 있는 여자가 되기 위해서는 반대로 착각이 들 수 있는 배려를 베풀어야 한다. '이렇게 해도 되나?' 싶은 착각이 들 때면 배려로 베풀면 된다. 그렇게

된다면 연애의 시기를 막론하고 당신은 누군가의 공주님
이 될 수 있다. 세상에서 가장 사랑스러운 공주님 말이다.

어색한 공간을 따스하게 비추며

순간을 특별하게 만드는 그런 남자가

너에게 빛날지니.

그리고

'같이'라는

'가치'를 주는 여자.

내일은 다르기를 기대하는 너에게

EP.9

다시는
후회하지 않기를

    언제나 후회를 반복한다. 만남의 기간과 무관하게 연인과 부부관계에서 우리는 언제나 웃음만 가득한 관계를 유지할 수 없다. 연애란 때로는 얼굴을 붉히기도 하고 서로 실없이 함께 웃는 것이기도 하기 때문이다. 아무리 그렇더라도 꼭 사소한 말다툼 이후에 꼭 후회하게 되는 말들이 있다. 잠깐의 복받치는 감정을 이기지 못하고 입 밖으로 내질렀다. 하지만 그 말 한마디에 상처받았을 상대에게 미안해진다. 이런 말의 대부분은 감정 소모에 기반을 둔 무의식의 표출에 가깝다. 그래서 의식적으로 사용 빈도를 줄이고 쓰지 않으려는 노력이 필요하다. 오랫동안 연애하며 서로에게 상처가 되었던 말을 돌아보며 부디 나와 같은 실수를 하지 않기를 바란다.

남자가 여자에게 주는 상처

1. 알았어, 내가 미안하니깐 그만하자

그만하자는 전제로 미안함을 말하고 있다. 미안함의 진심보다는 하나의 수단에 불과한 모습이다. 여자는 관계 속 회피를 전혀 좋아하지 않는다. 정면 돌파는 아니더라도 대화와 표현으로 하나씩 잘못된 매듭을 풀어가고 싶어한다. 단칼에 매듭을 자르는 것은 원하는 방식이 아니다. 상황을 모면하기 위한 미안함을 표현하지 말자. 여자에게는 상황에 대한 모면이 아니라 나에 대한 모면으로 느껴진다.

2. 또

또 먹어? 또 울어? 또 삐쳐? '또'로 시작하는 수많은 질문은 여자를 딜레마에 빠뜨린다. 남자라고 다르지 않겠지만, 여자는 항상 내 남자 친구, 남편 앞에서는 한없이 처음

고백받았던 예쁜 그 모습이 되고 싶다. 초심은 변하겠지만 그래도 당신을 만나기 위해 화장대 앞에서 화장하고 옷장 앞에서도 어떤 옷을 입을지 고민하는 모습이 그러한 여자의 마음을 대변한다. 그런데 남자가 아무렇지 않게 던지는 '또' 다음의 말은 대체로 부정적인 의미를 내포한다.

"(살쪘다고 스트레스를 받으면서) 또 먹어?"
"(나도 힘든 거 알면서) 또 울어?"
"(왜 이렇게 쪼잔하게) 또 삐쳐?"

내 사람에게 모질고 빡빡한 기준을 두지 말자. 다 알면서도 조금 더 따뜻한 말로 바꿔 보는 것이다.

"복스럽게 먹네."
"너는 우는 것보다는 웃는 게 더 예뻐."
"어떻게 하면 기분이 풀릴까?"

3. 질린다, 정말

관계를 끝내고 싶다면 굳이 헤어지자는 말을 하지 않고 이 말을 대신 써도 된다. 여자의 마음에 큰 상처를 준다. 여자에게 질린다는 말은 스스로 존재 의미를 삭제하는 큰 말이다. 그러나 아이러니하게도 잦은 다툼과 간섭에 지친 남자들이 아무렇게 않게 하는 말이기도 하다. 여러 이유를 덧붙일 필요 없이 이 말은 내 여자 친구와 아내에게 하지 말자. 대체할 다른 말이 떠오르지 않는다면 아무 말도 하지 않고 침묵하자.

여자가 남자에게 주는 상처

1. 아무거나

'아무거나'라는 말 그대로가 상처가 되지는 않는다. 하루하루가 완벽한 데이트일 수는 없고 때로는 가벼운 데이트나 아무것도 하고 싶지 않은 날이 있을 수 있다. 그래서 내가 준비하지 않아도 내 취향에 맞게 데이트 준비해 주는 남자 친구를 원할 수도 있다. 남자도 그 정도는 이해한다. 하지만 습관처럼 아무거나를 남발하거나 모든 대화 주제에서 아무거나를 외치는 당신을 보고 있자면 '나를 만나고 싶지 않은 건가?'라는 착각에 빠지게 만든다. 착각이 아니라 진실일지 모른다. 차라리 만나고 싶지 않은 날이라면 솔직하게 만나고 싶지 않다고 말하자.

2. 이것도 못 해?

남자에게 자존심은 생명과 같다. 내가 남자 친구 앞에서는 예뻐 보이고 싶은 만큼 남자도 여자 친구 앞에서는 능력 있고 뭐든지 해결해 줄 수 있는 슈퍼맨이 되고 싶다. 하지만 마음처럼 쉽지 않다. 남자도 남자가 처음이라서 처음 해보는 일은 서툴 수밖에 없다. 처음 만나는 나의 지인 앞에서는 삐걱거릴 수 있다. 오히려 그것들을 능수능란하게 해내는 사람을 의심해야 한다. 비록 마음에 들지 않더라도 자존심을 건들지 말아야 한다. 응원과 용기를 북돋아 주지 못한다면, 그것도 못하냐는 별것 아닌 핀잔 한 마디가 남자의 자존감을 많이 낮춘다.

3. (내 친구의 남자 친구는) 그렇다더라

내 친구의 자랑 때문에 부러운 나머지 하소연처럼 얘기할 수 있어도 남자 친구는 그것을 남과 비교한다고 생각한다. 다른 남자와의 비교는 남자를 정말 힘들게 한다. 말한마디 반박할 수 없다. 분명 기죽어 있는 내 남자를 원하는 것은 아니다. 혼내도 내가 혼내지 적어도 밖에서는 내 남자의 어깨가 넓게 펴져 있을 수 있도록 기를 세워주자. 기를 억지로 세워주지는 못해도 죽이지는 말자.

말을 아껴 쓰자.

상처를 준다고 생각해 본 적 없는
순식간에 칼에 베이고 벌어진다.

순간에 집착해 후회하지 않기를.

4.

아무리 바빠도

가끔 안부가

생각나는 사람

EP.1

왜? 어떻게!

　말 한마디에 천 냥 빚 갚는다고 한다. 실제로는 천 냥 빚 이상도 갚는다. 우리 부부는 주변에서도 여러 사람이 인정하는 장수 부부다. 말 한마디로 모든 서운함을 해결하고 싸움의 원인을 사전에 차단할 수는 없다. 하지만 10번 서운할 것이 3번만 서운하고 5번 싸울 일이 1번으로 끝낼 수 있다면 충분히 해볼 만하다. 그것도 말 한마디로 말이다.

　남자의 언어는 이해의 영역이다. 즉, 언어를 사용한 대화로 인과관계를 규정하고 나아가 결과를 도출한다. 결국, 언어 자체가 목적에 가깝다. 여자의 언어는 공감의 영역이다. 언어는 생각과 감정을 우회적으로 전달하는 수단에 가까울 뿐 그 자체가 목적이 되지는 않는다. 양쪽 모두의 언어 메커니즘을 이해해야 하는 이유는 우리는 남자와 여자 모두가 될 수 없기 때문이다.

　평소 아이쇼핑을 좋아하는 우리 부부는 종종 교외의 쇼핑몰에 나가 쇼핑을 즐기고는 한다. 그날도 특별할 이슈 없이 쇼핑 데이트를 즐기고 있었는데 아내의 표정이 어두워졌다. 만약 아내가 아닌 다른 사람이었다면 분명히 이유가 무엇인지 물어봤을 것이다. 하지만 나는 표정이 어두운 이유보다 지금의 상황이 더 중요했다. 마침 다행히 아내의 만능 해결사인 구슬 아이스크림 가게를 발견했고 묻지도 따지지도 않고 구슬 아이스크림을 권했다. 맛있다는 말을 연발하며 구슬 아이스크림 하나를 다 먹고 나서 슬쩍 물어봤다. "아까는 왜 이렇게 표정이 안 좋았어?" 그제야 상세한 이유를 들을 수 있었다. 보고 싶은 매장이 있었는데 그 매장이 하필 우리가 방문한 날 오픈하지 않았던 것이었다. 구슬 아이스크림의 위대함을 새삼 느끼면서 이유를 선점하기보다는 상황에 대한 공감이 대화에 필요함을 알게 된 하루였다.

나는 평소 피시방에서 게임을 즐긴다. 편안한 집을 놔두고 굳이 피시방까지 가서 게임을 하는 이유는 게임 할 맛이 나기 때문이다. 혼자가 아니라 모두가 게임을 하는 분위기 속에 있으면 몰입도가 조금 더 높아진다. 아내도 처음에는 쉽게 이해하지 못했다. 차라리 피시방에 방문하는 시간과 돈을 절약하면 더 좋은 환경에서 게임을 즐길 수 있지 않겠냐는 논리였다. 하지만 피시방에서 게임을 해본 사람이라면 분명히 알 수 있다. 놀거리와 먹을거리가 풍부한 환경은 단순히 쾌적함만으로 이야기하기 어려운 부분이 있다. 결국, 이해와 설득을 강요하기보다 있는 그 자체로의 공감을 얻어냈다.

"피시방에서 게임을 하는 동안 드라마 보고 있어도 되지?"

아내는 피시방에서 게임을 즐기는 것을 이해하고 납득하기보다 온전히 그 시간을 인정하고 그동안 아내의 취미 생활을 즐겼다.

우리는 이유를 자꾸만 찾으려 한다. 대화의 시작을 '왜?'에서 시작하면 안 된다. 오히려 '어떻게?'에서 시작해야 한다. 상대방의 이야기를 있는 그대로 받아들이되 그 방법에 대해서 대화하는 것이다. 황금 같은 주말 시간에 피시방에서 게임을 즐기는 남자 친구와 남편이 있다면 왜 피시방에서 게임을 하느냐는 이유를 찾기보다 언제까지 할 건지, 귀가할 때 연락을 남겨 달라는 방법적인 대화가 관계 유지에 훨씬 발전적이다. 말 한마디로 배려와 존중하는 느낌을 주고 꾸준한 신뢰를 주는 방법이 될 수 있다면 굳이 마다할 이유가 없다. 내가 오랫동안 연애하며 대화의 순간에 이것만큼 꼭 지키고자 하는 원칙이다. 몹시 어렵지도 않다.

첫째, 왜보다는 어떻게. 모든 결정에 이유보다는 방법을 물어보자. 오히려 상대는 의사결정에 대한 존중과 관심을 받는 것으로 받아들이고 더 신나게 설명해 줄 것이다.

둘째, 말은 거울이다. 내가 말한 표현, 어투 그대로 돌려받는다. 내가 하는 말을 내가 그대로 듣는다고 생각하고 말하자

셋째, 감정은 표현해야 감정이다. 고마움, 미안함, 사랑함을 모두 말해야 감정이 전달된다. 절대 아끼지 말자. 아껴 쓴다고 누구도 알아주지 않는다.

이유를 묻자.
묻어버리자.

내가 왜 좋아?
그냥, 이유 없이.

EP.2

이렇게 좋은데
왜 안 하지?

　관계의 지속성에 대해 물어본다. 돈이 들지 않는 최고의 방법에 대해서 이미 우리가 모두 알고 있다. 몰라서 못 하기보다는 알면서도 이런저런 이유로 하지 않음이 더 크다. 그럼, 우리가 모두 알고 있는 관계의 지속을 위한 방법은 무엇일까? 바로 칭찬이다. 돈이 드는 것도 아니고 대단한 방법이 필요한 것도 아니다. 하지만 사람은 어느 정도 관계가 유지되면 그 익숙함에 속아 넘어간다. 별도의 노력을 하지 않더라도 내가 누리고 있는 관계가 그래도 지속할 것이라는 착각 속에 살아간다.

　오히려 아니다. 어느 정도 관계가 구축되어 있을수록

그 관계를 돈독하게 만들기 위해 혹은 더 나은 신뢰를 쌓아 올리기 위해 더욱 섬세한 노력이 필요하다. 나는 그것을 지금의 아내를 만나면서 깨달았다. 나도 처음에는 달랐다. 3년 정도 지나면 신뢰는 알아서 쌓인다고 안일하게 생각하고 있었다. 관계라는 것은 시간이 알아서 만들어 주는 것으로 생각했다. 하지만 큰 권태기를 겪으면서 깨달았다. '시간이 모든 것을 다 해결해 주는 것은 아니구나.' 그 이후로 관계 유지를 위해서 시간만을 들이기보다 세심한 관심과 신경을 기울였다.

칭찬에 인색하지 말아야 한다. 우리 모두 알고 있다. 알면서도 왜 막상 하려고 하면 입 밖으로 잘 나오지 않는지 알 수 없었다. 나도 같았다. 만난 기간은 길어졌는데 예쁘다, 옷이 잘 어울린다, 화장이 잘 됐다, 복스럽게 먹는다는 말이 낯간지럽게 느껴졌다. 연애 초반에는 없는 말이라도 지어내서 할 수 있었지만 시간이 지날수록 상투적인 표현과 진부한 칭찬만이 가득했다. 그러다 문득 어느 날과 똑같이 주말 데이트하는데 분위기가 무언가 달라 보였다. 나도 모르게 진심으로 오늘 좀 달라 보인다는 말이 튀어나왔고 그 순간 아내의 눈빛이 달라졌다. 한마디 칭찬으로 그날의 데이트는 완전히 성공적이었다.

칭찬의 무서운 점은 칭찬을 듣는 사람은 물론이고 칭찬하는 사람도 기분이 좋아진다는 것이다. 칭찬을 하는 사람과 받는 사람 둘 모두가 웃을 수 있다면 두 사람의 관계는 굳이 상세히 설명하지 않아도 알 수 있다. 칭찬은 돈이 들지 않는 선물과도 같다. 내가 준비한 선물을 상대가 받고 기뻐했을 때 선물을 준비한 사람이 오히려 더 만족감이 크다. 칭찬은 선물만큼이나 큰 준비가 필요하지 않고 물질적으로 돈이 드는 것도 아니다. 이렇게 좋은데 왜 못하는지 알 수 없다. 당장 이번 주말에 다가오는 데이트에 나의 연인을 위해 어떤 칭찬을 준비할지는 오롯이 나의 몫이다.

내일은 다르기를 기대하는 너에게

예쁘다. 너.

멋있어. 너.

어려운 말이 아닌데

말하기는 왜 어려운지.

EP.3

미안해,
그리고 고마워

관계의 소홀, 정이 떨어진다는 말은 더 이상 말이 통하지 않게 하는 지름길이다. 평소에 얼마나 애정 어린 표현을 하는가? 애정 어린 표현을 넘어서 진정으로 공감이 담긴 표현을 하는가? 관계에서 미안함과 고마움이 관계의 끈을 돈독하고 단단하게 만들어 준다. 남자와 여자가 받아들이는 미안함은 그 사용에 대한 이해가 달라서 적지 않은 커플 싸움의 원인이기도 하다.

화창한 주말 오후, 날씨도 좋고 오랜만에 근교로 드라이브 겸 SNS에서 인기 많은 맛집을 함께 가기로 했다. 설레는 마음을 안고 도착했는데 때마침 브레이크 타임에 걸

내일은 다르기를 기대하는 너에게

려 검색해 본 식당에서 식사하려면 무려 1시간 넘게 기다려야 했다. 아내는 이미 짜증이 가득한 표정이다. 일상에서 정말 어렵지 않게 마주할 수 있는 상황이다. 그리고 무심결에 입 밖으로 진심을 내뱉는다. "미안해." 그러자 돌아오는 답변은 "뭐가 미안한데?" 여기서부터 우리의 싸움은 시작된다.

잘못은 아무에게도 없다. 브레이크 타임을 꼼꼼하게 알아보지 못한 남자도 아니다. 드라이브를 나섰지만 길이 막힐 줄은 몰랐던 남자도 아니다. 미안하다는 말에 퉁명스럽게 답변을 내뱉은 여자도 아니다. 각자의 이해 속에 그럴 만한 이유가 있다.

미안하다는 말의 사용 방법은 남녀가 다르다. 남자에게는 미안함이 진심을 표현하는 수단이다. 입막음식의 미안함은 용서되지 않겠지만 대부분 사랑하는 연인과 부부 관계에서 남자의 미안함은 진심으로 더 이상 감정 다툼을 악화하지 않았으면 좋겠다는 마음을 담고 있다. 반대로 여자의 미안하다는 말에는 단계가 있다. 훨씬 더 상세하다. 미안함을 말하는 표정과 타이밍까지도 미안함의 정도를 따지는 척도가 된다. 그래서 남자가 미안함을 말할 때 어떤 것이 얼마나 미안한지를 자꾸 되묻는다. 결국 상대성이다. 자꾸 여자가 남자의 미안함을 캐묻는다면 남자는 진심이 왜곡되는 느낌을 받는다. 습관적으로 미안함을 반복하는 남자에게 여자는 진정성을 느끼지 못한다.

관계 속에서 조금만 서로가 받아주는 사이가 되어보자. 여자 입장에서 남자의 미안함을 받고 나면 정확하게 무엇이 얼마나 미안한지 꼭 확인하고 싶다. 한 번만 마음을 내려본다. 남자의 미안함을 있는 그대로 받아본다. "뭐가 미안한데?"라는 말보다는 "그래 알겠어. 기분 풀게 맛있는 거 먹으러 가자." 말과 함께 미소를 한 번 지어 본다.

고마움은 미안함과는 다르다. 관계의 시간이 길어지고, 연속적일수록 미안하다는 말과 달리 고맙다는 말의 빈도는 눈에 띄게 줄어든다. 미안함에 진심이 담기고 진심으로 받아주어야 하는 정성적인 가치가 있다면 반대로 고맙다는 말은 언제 어디에서 해도 부족하지 않다. 의식적으로 사용 빈도를 늘려야 하는 가장 대표적인 말이다. 사랑한다는 말도 중요하지만, 고맙다는 말이 관계의 발전에 더 중요하다.

흔히 갈증이 난다고 생각할 때 물을 마시는 것은 이미 신체 컨디션 상 늦었다고 말한다. 고맙다는 말도 꼭 해야 한다고 의식하는 순간 상대도 어느 정도 인지하고 있다. 그래서 당연하게 여긴다. 사소한 것에도 고마움을 적극 표현한다. 데이트 동안 많이 웃어줘서 기분이 좋았음에, 회식 후에 귀가하는 나를 위해 기다려 주었음에 고마움을 표현하자. 하루 한 번의 고마움이 서로의 신뢰 형성에 얼마나 크게 기여할 수 있는지 직접 해보지 않고는 절대 알 수 없다. 미안함과 고마움 그사이에는 내가 사랑하는 사람과 내가 있다.

마음 깊숙이

뒤흔드는 감정.

사랑을 되돌아보고

다시 보게 한다.

내일은 다르기를 기대하는 너에게

EP.4

근데 말이야

"근데 나는 이렇게 생각해."

하루에도 최소 10번 이상은 아무렇지 않게 사용하는 말이다. 입버릇처럼 쓰다 못해 이제는 모든 말머리에 기본처럼 따라붙는다. '그런데'는 반전의 속성이 있다. 내가 말한 내용을 뒤바꾸거나 상대의 말을 반박하기 위해서도 쓰인다. '그런데'를 말머리에 사용한다는 것은 나는 너의 말에 동의할 수 없고 지금부터 너의 말이 틀렸다고 선언하는 것과 같다. '그런데'를 쓰지 않고 너와 내가 대화를 저렇게 시작하면 어떨까? 하지만 참 아이러니하게도 우리는 소중한 사람과의 대화에서 더 아무렇지 않게 '그런데'

를 쓴다. 특별한 이유는 없다. 내 말이 맞다고 인정받고
싶기 때문이다.

아무리 가까운 사이라도 똑같은 생각을 하고 있을 수
없다. 비슷할 수는 있겠지만 완벽하게 똑같이 생각하는
것은 불가능에 가깝다. 내가 인정받고 싶다면 오늘부터
의식적으로 '그런데'를 쓰지 말아야 한다. 대신에 '그래'를
붙여본다. "그래, 나는 너의 말을 세상 누구보다 경청하
고 있고 존중하며 인정하고 있어." 인정을 말로 주고받지
않는다. 보이는 그 자체를 인정한다면 행동이 먼저 나온
다. 그리고 인정에 대한 선행은 곧 나에 대한 인정으로 돌
아온다. 우리는 누구보다 이런 사실에 대해 잘 알고 있다.
내가 너를 인정해야 너도 나를 인정한다는 아주 기본적인
본질에 대해서 말이다.

무의식적으로 사용하는 '그런데'가 가지고 있는 잠재적
네거티브를 최대한 없애기 위해서 다른 표현을 쓰거나 아
예 말머리를 붙이지 않기도 한다. 똑같이 입장을 바꿔 보

면 된다. 내가 상대에게 내 생각을 전달했는데 상대가 말 머리에 '그런데'를 앞에 붙이는 것이다. '그런데'는 또 다른 '그런데'를 낳고 우리는 '그런데'의 무한루프에 갇힌다. 서로 인정하지 않고 설득하려는 부정적인 고리를 끊어내야 한다. '그런데'가 '그래'로 바뀌면서 관계의 긍정적인 영향을 미치는 데는 단순히 인정에서 그치지 않는다. 말보다 행동이 앞서는 관계가 형성된다. 서로의 말에 대해 옳고 그름을 따지기보다 정해진 방향으로 나아간다.

노를 어떤 방향으로 젓더라도 일단 배는 나아간다. 그 결과가 항상 내가 원했던 종점에 도착한다는 보장은 절대 없다. 하지만 그 과정만 보고 끝을 내지는 않는다. 비교적 좋지 않은 결과를 맞이하더라도 다음으로 나아갈 목표가 관계 속에서 형성된다. 그 과정에서 시간이 흐를수록 서로의 의견이 일치한다. 과정만으로는 관계가 정립되지 않기 때문이다. 과정이 있어야 결과도 있지만, 그 결과를 함께 마주해야 다음에는 더 좋은 결과를 받아들일 수 있다. '그런데'는 논리의 승패만 존재한다. 승자 독식과 같다. '그런데'의 표현은 자유롭지만 결국 상대가 틀렸음을 증명하기 위함이다. 같은 표현의 자유라도 상대의 틀림을 증명하기보다 너와 나, 우리가 맞았음을 증명하는 말로 시작하기를 바란다.

말로 이기려 하지 말고
나를 먼저 이겨야지.

그래야
마음으로 대화하니.

내일은 다르기를 기대하는 너에게

EP.5

오늘도 듣고 있다

  말하는 것과 듣는 것 중 어느 것이 중요하냐는 질문에
대부분 듣는 것이 중요하다고 답변한다. 그만큼 우리는
무의식중에도 경청이라는 가치의 중요성에 대해 배워왔
다. 그러한 반복된 학습의 결과이기도 하다. 하지만 일상
생활에서 주변의 말을 잘 듣고 있는지 생각해 보면 그렇
지 않다. 사람은 본인의 지식과 경험을 뽐내기 좋아하고
더 많은 사람에게 그것을 알리고 싶어 한다. 그 안에서 비
교 우월감을 얻기도 한다. 나이가 들수록 다른 사람의 말
을 듣는 것이 점점 더 어렵게만 느껴진다. 각자 다른 환경
에서 시간의 대부분을 보내고 관심사가 달라졌기 때문이
다. 그럼에도 의식적으로 들으려 노력해야 하는 이유는

듣기만 하는 사람이 어떤 사람보다도 무섭기 때문이다.

  광고 영업 직무를 수행하는 나는 평소에도 낯선 환경에서 처음 보는 사람과 자주 만난다. 비슷한 직무에 있다면 한 번씩은 나의 경험을 공감할 수 있다. 꼭 직무가 아니더라도 소개팅과 같이 처음 만난 자리에서 대화를 해보면 알 수 있다. 듣기만 하는 사람과의 대화는 항상 어렵다. 그렇다고 대화의 반응이 부족한 것도 아니다. 분명히 대화에 적극적으로 임하고 있다는 느낌은 있는데 대화의 주도권 자체를 듣는 사람이 쥐고 있다는 생각이 든다. 이것은 마술이 아니다. 대화의 구조상 듣는 행위는 대화 자체의 흐름을 가져올 수 있는 우위에 있다.

  경청에 능숙한 사람은 짧은 시간 안에 상대가 말하기 좋아하는 대화 주제를 단번에 찾아낸다. 미묘한 성조의 높낮이, 다양한 제스처, 눈빛 등 다양한 정보를 기반으로 한다. 몇 가지의 질문만으로도 대회의 의도와 목적 그리고 방향까지 설정한다. 그다음에는 대회의 키를 자연스럽

        내일은 다르기를 기대하는 너에게

게 상대에게 던진다. 키를 넘겨받은 상대는 마치 대화의 주도권이 본인에게 넘어왔다는 착각하게 된다. 사실은 아주 간단한 눈속임에 가깝지만, 대부분은 눈치채지 못한다. 이런 대화의 흐름을 유지하게 되면 대화에서 비롯한 협상의 주도권은 듣는 사람이 가지기 때문이다.

말하는 사람의 패에 맞춰 가면 된다. 맞춰줄 수 있는 대응 카드만 준비하면 된다. 특히 1:1의 대화에서 원하는 것을 먼저 말하는 것은 신중해야 한다. 당장 결과물을 위해 마음은 급하지만 절대 티를 내서는 안 된다. 티를 내는 순간 대화와 협상의 시작이 그 지점부터 시작하기 때문이다. 대화의 분위기를 깨뜨리지 않기 위해 무리한 조건을 걸고 결국 그 부담이 다시금 말하는 사람에게 돌아온다.

일단 기다려본다. 대화의 상황이 매번 너무 다르므로 침묵과 경청만이 무조건 좋은 결과를 가져 준다고 말하기 어렵다. 하지만 한 박자 참아본다. 그럼, 대화를 이끌고 나갈 기회를 비교적 잡아내기 쉽다. 많은 사람이 한 번의 대화를 통해 한 번의 결과를 얻어 내려는 욕심이 있다. 대화는 관계 형성의 과정이다. 수학 공식과 같이 대화 한 번 해보았다고 그에 상응하는 결괏값이 무조건 주어지지 않는다. 경청으로 인해 대화에서 내가 얻어갈 기회를 명확하게 인지하고 필요한 적재적소에 침묵을 사용해 본다.

　세상 어떤 대화에도 정답이란 없다. 만약 정답이 있었다면 대화의 다양성은 상실되고 모두가 똑같은 질문과 답변을 하고 있을 테니 말이다. 대화의 주도권을 쥐고 있다는 것이 상대보다 내가 우위에 있다는 것을 의미하지도 않는다. 잘 듣는 사람이 무서운 이유는 대화 자체가 결과가 아닌 과정임을 인지하고 있고 과정에 따른 결과가 어떠한지 알고 있으면서 과정에 임하고 있기 때문이다. 그리고 아쉽게도 말을 듣지 않고 하기만 해서는 과정에서의 구멍이 생길 가능성이 높다. 잘 들어야 한다.

　말함이 대화를 낳지만
　들음이 결과를 낳음을.

EP.6

차라리 하지 말자

매일 바쁜 일상에서 인생을 살다 보면 어느덧 인간관계에 지치는 순간이 온다. 연인 관계에서도 권태기가 오듯이 나를 둘러싼 사람과의 관계에서도 권태기가 온다. 특히 인생에서 주요한 결정하거나 중대한 행사를 치르면 그 권태기가 두드러진다. 권태기를 통해 사람과의 관계가 정리되기도 하고 새로운 인연을 맺는 경우가 많다.

결혼을 앞두고 정신이 없는 나날을 보내던 중 아무렇지 않게 그날은 찾아왔다. 결혼하는 모든 부부가 그러하듯 축하를 보내주신 하객분들에게 감사의 인사를 돌렸다. 바쁜 시간을 보내고 있는 중에도 처음 느끼는 감정을 숨길 수 없었다. 당연하게 결혼식장에 방문해 주리라 생각했던 사람들을 뒤로하고 주말 출장 중에도 출장을 마치자마자 한걸음에 결혼식장으로 달려온 하객이 있었다. 아픈 몸을 이끌고서 축하를 보내준 하객도 있었다. 평소에는 느낄 수 없었던 만감이 교차했다. 나를 둘러싼 관계에 대한 권태기를 느꼈다. 나의 중요한 순간이 나와 함께하는 그 사람들에게도 중요한 순간이 되어야 함을 말이다.

단지 시공간을 함께하고 공유하는 것에서 그치지 않는다. 나에 대해 상대가 얼마나 깊이 공감하고 관심이 있는지를 말하고 싶다. 권태기 없는 관계일수록 관계의 목적이 분명하다. 공감 어린 말로 짐작한다. 상대가 내가 원하는 바를 지켜주지 못했을 때 서운함과 비슷한 감정을 느낀다면 머지않아 반드시 권태기가 찾아온다. 기대심리라는 말속에 뼈가 있다. 상대와 함께하는 통화가 그 어떤 것보다 즐겁고 특별한 목적 없이 만남 자체가 목적이 되는 관계가 오랜 기간 유지된다. 권태기가 있는 관계가 건전하지 않은 것은 아니다. 인생에서 필요 없는 관계도 아니다.

내일은 다르기를 기대하는 너에게

생각보다 내 주변에는 정말 많은 사람이 있다. 억지로 권태기가 있는 관계를 유지해야 할 이유가 없다. 억지스러운 말을 붙일 필요도 없다. 사람끼리 만나 아무런 결과가 없는 만남은 없다. 결국 그 관계를 어떻게 비추어 보는지 나의 의지가 가장 중요하다. 모두에게 만나자는 말을 섣부르게 하지 않는다. 마지못한 관계의 지속은 의지와 무관하게 반드시 권태기를 불러온다. 바쁜 나날을 살아가며 오롯이 나의 의지만으로 해결하고 결정할 수 있는 것이 점점 줄어든다. 하지만 사람과의 관계는 여러 가지 것 중에서도 자기 의지가 가장 여실히 드러나는 산물이다. 어설프게 만나려면 함부로 만남을 말하지 말자. 결국, 나도 똑같이 돌려받는다.

　　못하는 것이라면 하지 말아라.
　　안 하는 것이어도 하지 말아라.
　　말하지 않는 것만 못하니까.

EP.7

나도 모르는 사이에

　하루에도 많은 사람과 대화를 나눈다. 그중에는 원치 않더라도 어쩔 수 없이 참여해야 하는 대화도 있다. 예를 들면 뒷담화 말이다. 평소 당구를 즐겨 치는 사람이라면 알겠지만 원래 뒷담화는 당구 경기에서 유래된 말이다. 일본말로 다마(だま)는 당구에서 당구공을 의미한다. 뒷다마란 '당구 경기에서 처음 앞면으로 공을 맞히기를 의도했는데 우연히 공이 뒤로 굴러와 운이 좋게 맞은 상황'을 말한다. 상대편으로서는 예상치 못한 상황에 허무함을 느낄 수밖에 없다. 뒷담화는 다마를 이야기한다는 담화로 해석하여 당사자가 예상하지 못하게 이야기한다는 의미로 재해석 되었다.

꼭 사회생활을 시작하지 않더라도 학창 시절부터 뒷담화는 남녀노소를 불문 너무 자연스러운 인간의 본성이다. 그래서 낯선 환경에서 뒷담화를 경계하고는 한다. 하지만 경계심은 오래가지 못하고 어느새 뒷담화의 주연이자 조연을 모두 맡게 된다. 어떤 방법으로도 불가피한 사회생활에서 공감이 강제당해 악용되는 좋지 않은 모습이다. 우리는 알면서도 왜 자꾸 뒷담화의 늪에 빠질까? 뒷담화는 상대가 없는 자리에서 그 상대를 비방하거나 헐뜯는 행위다. 행위의 근원에는 질투와 시기가 자리하고 있다. 그 대상이 현상이나 사물을 떠나 사람 자체가 될 때 표면적으로 드러나는 행동이 뒷담화다.

조금 더 발전한다면 질투와 시기 대상이 무너지도록 함정을 설치하거나 계획적인 행동이 따른다. 뒷담화는 이런 목적 행위에서 인간의 본성이 가장 직접적으로 발현된 형태이다. 남에 대한 질투와 시기를 빌미로 나에 대한 경계를 푼다. 우리는 한편이라는 연대를 생성하고 계속해서 기생한다. 뒷담화를 경계해야 하는 이유는 익숙함에 있다. 사람은 적응의 동물이다. 처음 뒷담화의 강도가 1에서 10까지 있다면 처음에는 1도 망설이지만 적응할수록 1로 는 만족하지 못한다. 불안감을 해소해 줄 강도 높은 뒷담 화가 필요하다.

앞서 나가는 사람은 굳이 공유하지 않는다. 질투와 시 기의 대상으로 자신을 차별화하지 않는다. 아무 말도 하 지 않는 것조차 질투와 시기 대상이 될 수 있다. 관심을 끊음으로써 공유하지 않는 사람에 연연하지 않는다. 주 변에서 능력이 좋다고 느끼거나 실제로 좋은 능력이 있는 사람들의 특징은 본인의 말을 아낀다는 것이다. 묘하게 분위기 자체를 주도한다. 상대가 어떤 말을 하더라도 빨 려 들어가는 느낌이 있다. 경청과 반응의 경계를 넘나들 며 공감하고 있다는 메시지를 효과적으로 전달하기 때문 일 것이다.

보통의 질투와 시기가 나보다 나은 상황에서 비롯한다 면, 그 상황에서의 공감 메시지 하나는 오히려 뒷담화의 대상이 아닌 자랑거리로 만들어준다. 그래서 누군가의 자랑거리인 사람은 자리에 없는 대상을 언급하지 않는다. 나쁜 말뿐만 아니라 가급적 좋은 말도 하지 않으려 한다. 오롯이 대화 상대와 대화 자리에만 집중하려 한다. 그럼에도 시기 받을 수 있다. 시기와 질투로 빼앗으려기보다 어떻게 하면 공감으로 그 위치에 갈 수 있을지 궁금해한다.

관계란 그러하다. 작은 요소 하나가 사람 관계의 위치를 바꾸어 버린다. 그래서 항상 짧은 말과 작은 행동도 조심하라 했었다. 앞서 나가는 사람은 뒤를 돌아보지 않는다. 내가 남긴 흔적을 회상하며 과거를 미화하거나 남겨진 인연에 집착하지 않는다. 새롭게 흔적을 만들어 가는 데 방점이 찍혀 있다. 시간 내어 남의 뒤에서 뒷이야기를 하는 데는 관심이 없다. 본인의 뒷이야기에도 관심이 없다. 그것은 뒤에 있는 사람들이 만들어 내는 이야기이기 때문이다.

등 뒤에서 떠드는 말을

듣지 말자.

내 뒤에서 벌어진 일을

보지 말자.

EP.8

영원한 것은
절대 없다

"〈영원한 것은 없다〉"

작가 시드니 셸던(Sidney Sheldon)이 1994년 발표한 스릴러 의학 소설이다. 소설에는 3명의 주인공이 등장한다. 각기 다른 환경에서 성장했던 간호사들의 이야기를 담고 있다. 전반적으로 소설의 장르가 스릴러 의학 소설인 관계로 무거운 면이 있으나 서로 다른 3명의 주인공이 각각의 이야기로 얽히면서 친분을 유지한다. 결국에 마음대로 통제하기 어려운 운명과도 같은 외부 이슈 탓에 각기 다른 결말을 맞이한다. 우연히 도서관 귀퉁이에 있던 책이 10년이라는 세월이 흐른 뒤에도 생각나는 이유는 결국 제

목대로 소설에서 말하고자 하는 핵심이 영원히 불변함에 대한 역설을 비극적 사랑으로 그려냈기 때문이다.

 책을 감명 깊게 읽었다 한들 절대 스스로 운명론자이거나 정해진 운명을 믿으라는 말하고 싶은 것은 아니다. 인생을 그리며 발생하는 모든 상황과 사람과의 관계가 영원하지 않고 영원할 수 없음을 말하고 싶다. 요즘 같은 100세 시대에 이제 겨우 1/3 남짓 살았지만 1년, 1년의 세월이 흘러갈 때마다 인생에 대한 배움의 깊이가 더욱 깊어진다. 20대에는 몰랐던 '시간이 흐르면 알게 될 거야.'라는 말을 30대 중반이 되어서야 조금은 알아가고 있다. (물론, 앞으로도 더 알아갈 날이 많겠지만.)

 인생에 영원한 것이 없다는 것을 나는 비교적 빨리 알았다. 대학에 진학한다는 전제로 대한민국의 20대 남자가 대학교를 나와 사회생활을 할 수 있는 가장 빠른 나이부터 일을 시작했다. 부모님의 바람으로 의무교육을 마치고 대학교에 진학했으나 애초에 공부에 뜻이 없었다. 어떻게

내일은 다르기를 기대하는 너에게

하면 이른 나이부터 돈을 벌 수 있을지 관심이 더욱 많았다. 더욱이 내가 진학한 학과는 돈을 버는 방법보다는 인문학이었다. 학교에 다니는 동안 후회가 막심했다. (절대 인문학을 비하하려는 의도는 없으며 지금에 이르러서는 오히려 인문학 전공을 잘했다고 생각하고 있다.)

그때만 하더라도 대학의 졸업장이 인생 성공의 척도라고 생각했다. 조금 더 좋은 대학, 다른 사람들이 알아주는 일류 대학에 진학했더라면 취업 걱정 없이 즐거운 학교생활을 할 수 있겠다는 망상도 있었다. 그리고 아직 소위 스펙이 통용되는 사회에서 실제로 나보다 더 평판이 좋은 대학을 졸업하고 누구나 들으면 알 수 있는 대기업에 취업해 안정적인 사회 초년생의 생활을 영위하는 주변의 친구들을 보며 좁힐 수 없는 격차가 존재한다고 자책도 했다.

자책과 함께 회사 이름은 고사하고 연봉도 최저 수준으로 맞추어 입사했다. 여러 회사를 거치면서 매사의 순간에 최선을 다하고자 했고 지금의 위치까지 올라왔다. 아직도 올라온 높이보다 앞으로 올라갈 높이가 더 높지만 내가 부러워했던 그들이 지금은 나를 부러워한다. 특별한 무언가를 부러워하지 않는다. 이를테면 연봉이나 직책, 회사 말이다. 시간이 흐르면서 회사를 대하는 시선과 태도가 달라진다. 그에 따라 일을 대하는 모습이나 반대로 회사가 나를 대하는 인정과 같은 정성적인 모습으로 부러움을 산다. 내가 바라보고 있는 방향에 따라 순간의 무게 중심이 기울 수 있으나 그것이 나의 근간을 무너뜨리지는 못한다. 그리고 그렇게 믿어야만 한다.

사람과의 관계는 어떠할까? 시간이 지날수록 만나는 사람도 많아지고 특히나 사람 만나기를 좋아하는 나는 유난히 인간관계에서의 피로감과 회의감을 많이 느꼈다. 풀기 쉬운 오해에 그치면 다행이나 여러 이해관계에서 뜻이 맞지 않는다는 이유로 의도가 왜곡되거나 밑도 끝도 없이 욕을 먹기도 했다. 사람의 인연 또한 영원할 수 없다.

찰나의 순간을 집중하고 놓치지 말아야 한다. 영원할

수 없음은 세상 모든 것을 나의 품에 담을 수 없는 것과 같다. 영원히 내 것이지 않고 영원히 내 사람이지도 않다. 지금 눈에 보이는 인간관계의 실패를 자책할 필요가 없다. 잠시 실패처럼 보일 뿐 또 다른 성장과 성공을 맛보기 위한 과정에 불과하기 때문이다. 그렇다고 너무 잘 나가고 있는 내 모습에 안주하면 안 된다. 빛나게 보이는 이 순간이 한순간에 다른 사람을 비추기 위한 빛이 될지 모르기 때문이다. 나의 말은 겸손함과 친해져야 한다. 그렇지 않으면 세상의 기억 속에 평생 과거의 영광만을 좇는 사람으로 영원히 남을지 모른다.

영원한 것은 없다.

만약 있다면,
어김없이 내일에도
세상은 바뀐다는 것.

내가 바뀌지 않더라도.

5.

조금만

빨리

알았더라면

EP.1

부정형 인간

   일을 잘하는 사람이 좋다. 하지만 그보다 더 좋은 사람이 있다. '상사는 어떤 사람을 좋아할까?' 이런 질문을 던지고는 한다. 일은 못 하지만 시키는 것은 다 해보려는 직원과 일은 잘하는데 시키는 것에 늘 반문하는 직원. 당신이 상사이자 사장이라면 어떤 부하직원에게 애정이 더 갈까? 취향에 따라 다르겠지만 나라면 전자를 택하고 싶다. 일을 못 하는 것은 가르칠 수 있지만 시키는 일에 의문을 품거나 반문하는 것은 습관이자 태도이기 때문이다. 태도는 바꾸기가 어렵다. 하지만 아이러니하게도 곰곰이 돌이켜 생각해 보니 10년이 다 되어가는 경력 동안 내가 그런 모습의 부하 직원이었음을 깨닫고 매우 놀랐다.

이전에 다녔던 회사의 상사를 만난 적이 있다. 직속 상사는 아니고 임원급에 가까웠던 분이라 근무했던 당시에는 많은 대화를 나누거나 업무 관련한 연결고리가 적었던 탓에 잘 알 수 없었지만, 오히려 상사가 나에 대해 너무 많은 것을 알고 있어서 개인적으로 놀란 자리였다. 술자리가 무르익어 가던 도중 나도 모르게 작은 고민을 하나 털어놨다. 나는 항상 주어진 업무 지시에 대해 심사숙고하고 자세히 성공 가부를 따져보아 리포트를 올렸지만 돌아오는 피드백은 너는 항상 너무 부정적이라는 말이었다. 곰곰이 돌이켜 생각해 보더라도 부정적이기보다는 신중하다는 표현이 더 적합한데 마치 부정형 인간 취급을 받는 것이 속상하다는 고민이었다. 한참 나의 고민을 들으시던 상사는 그 이유를 설명해 주셨다.

"부정에는 여러 가지 방법이 있다. 하지만 상대적으로 좋지 않은 부정의 방법이 바로 표정에서 드러나는 부정이다."

머리를 크게 한 대 얻어맞은 기분이었다. 나는 항상 겉으로 보이는 표현과 단어 선택 등에 심혈을 기울이고 상대가 기분 나쁘지 않도록 신경 써왔다. 정작 그것보다 더 직접 눈에 보이는 표정에 대해서는 아무런 생각을 하지 않고 있었다. 아무리 말을 순화해서 표현하고 논리적으로 부정을 뒷받침할 수 있는 내용을 담더라도 그것을 말하는 나의 표정에서 부정의 모든 기운을 담고 있다면 더 이상 내용은 중요하지 않다. 오로지 대화에 임하는 표정만 기억에 남는다는 것을 너무 간과했다.

그렇게 10년이라는 세월을 회사원으로서 조직에 몸담아 일해왔다. 어느새 새로운 업무 지시를 받았을 때 스스로 하지 말아야 할 판단이 선다면 나도 모르게 무의식적으로 표정에서 부정이 거침없이 표현되었을 것이다. 새로운 사람이 보기에는 그것이 부정형 인간으로 낙인찍을 수 있는 계기가 충분히 될 수 있었다.

술자리가 끝나고 몇 주, 몇 달이 지났지만, 아직도 매일 아침 거울을 보고 표정을 짓는 습관을 들인다. 일을 하는 직장생활을 떠나서도 주변의 많은 지인이 첫인상으로 차갑다는 말을 왜 했는지 냉정히 돌이켜 보는 계기가 되었다. 분명히 10년 동안 살아온 습관은 무시할 수 없다. 술자리가 아니었다면 아직도 나는 스스로 왜 부정형 인간 취급을 받는지 여전히 알지 못했을 것이다. 부정형 인간이란 생각보다 간단한 문제였다. 내용에 부정이 담기지 않더라도 겉으로 부정이 보이면 부정형 인간이 된다. 이미 부정형 인간으로 낙인찍힌 사람과는 다음을 도모하지 않는다.

긍정형 인간이 될 필요까지는 없더라도 표정에서부터 내가 부정형 인간이라는 점을 알려줄 필요도 없다. 세상은 어떤 상황과 순간에서 어떤 사람으로부터 기회가 주어질지 모르기 때문이다. 매일 아침과 저녁, 거울 속 나를 들여다본다. 그리고 한 번씩 웃어본다. 조금씩 펴지는 표정을 볼 수 있다. 적어도 표정에서 드러나는 부정형 인간에서는 벗어나야 한다.

내일은 다르기를 기대하는 너에게

부정하지 않더라도

부정형 인간이 된다.

그리고

나의 모든 것이

부정 받기 시작한다.

EP.2

우리가
어떤 민족입니까?

　외국 사람이 한국에 여행으로 방문한다면 크게 3개를 보고 놀란다고 한다. 첫 번째는 수도 서울을 한가운데로 가로지르는 큰 강이고 두 번째는 똑같이 생긴 아파트와 밤을 수놓는 수백 개의 빨간 십자가이다. 그리고 마지막은 어떤 식당에 가더라도 주문과 동시에 나오는 음식이라고 한다. 반대로 한국 사람은 해외에서 여유로움이 넘치다 못해 느릿한 정서와 문화에 답답함을 느낀다.

　우리나라는 현대화를 거치면서 어려운 환경에서도 인생의 성공이라는 일념 아래 학교에 진학하기도 전부터 경쟁에 놓여 있었다. 모든 일을 빠르게 처리해야만 하는 습관이 몸에 배어 있다. 세대가 지나면서도 성공에 대한 강박관념은 더 심하고 집요해졌다. 그럴수록 빠르게 결괏값에 도달해야 경쟁에서 살아남는다고 각인되었다. 그리고 안타깝게도 빠른 성공에 더욱 집착할 수 있도록 많은 방법과 도구들이 생겨났다. 대표적인 사례가 한동안 우리 사회에도 큰 영향을 주었던 코인 시장이다. (지금도 현재 진행 중이다.) 단기간에 수십만 원에서, 많게는 수억 원도 아무렇지 않게 벌어들이는 주변을 보면서 절망에 빠진다. 어쩌면 나도 할 수 있겠다는 희망 고문을 주기도 했다. 생각하지 못한 빠른 결과에 그만한 대가가 따른다는 것을 간과한 채 말이다.

비단 재테크만의 문제가 아니다. 우리가 살아가는 일상에서도 어렵지 않게 빠른 결과만을 찾아 경쟁하는 사회의 폐해를 찾아볼 수 있다. 불과 연애 기간이 1년도 채 되지 않았는데 결혼을 결심한다. 입사한 지 1년도 되지 않은 신입사원이 자신에게 프로젝트를 맡기지 않는다고 고민 상담을 올리는 것도 볼 수 있다. 6개월도 되지 않는 시간 동안 공부하고 자격증에 합격하지 못해 재능을 탓하는 하소연도 심심치 않게 보인다. 생각보다 우리 주변에는 시간을 들여야 하는 일들이 많다. 그에 반해 그만한 시간과 노력을 들이지 않고 나를 둘러싼 환경과 운이 따르지 않음을 한탄하는 경우가 빈번하다.

시간이 해결해 준다는 말을 반은 믿고 반은 믿지 않는다. 주변에서 쉽게 접하는 성공한 것처럼 보이는 사람들의 과정을 우리가 간과하고 있기에 반은 믿는다. 나머지 반을 믿지 않는 이유는 막연하게 아무런 행동 없이 시간만 보낸다고 기회가 생기지 않기 때문이다. 나의 고민을 해결하기 위해 시간의 숨겨진 이면 속에서 어떤 행동이라도 해봐야 한다. 본질은 빠른 결과가 도출되기를 운에 맡기는 것이 아니라 어떤 결과를 받더라도 빠르게 행동함에 있다.

언제나 좋은 결과만이 따르고 행운이 따를 것으로 생각한다면 큰 오산이다. 나에게 얼마나 어울리는 재테크 수

내일은 다르기를 기대하는 너에게

단을 찾았는지, 그 재테크 수단에 얼마나 많은 공을 들이고 공부했으며 수익이 얼마나 났는지 꼭 복기해야 한다. 1년도 안 되는 시간에 결혼할 상대에 대해서 충분히 이해하기 쉽지 않다. 상대의 더 많은 것을 이해하기 위해 행동으로 옮겨야 한다. 어떤 상사도 입사한 지 1년도 되지 않은 신입사원에게 팀 전체의 방향을 좌지우지할 프로젝트를 맡길 수 없다. 오늘도 지지부진한 하루를 보내면서 인생의 회의감에 젖어 있다. 내가 투자한 주식 차트는 몇 달간 오를 기미를 보이지 않고 회사에서는 매일 같은 일을 반복하면서 이 길이 맞는지에 대한 의문을 가지고 있다.

빠르게 결말이 나지 않는 상황에 초조하지 않고 상황을 반전할 수 있는 무언가를 시도해 본다. 무엇이라도 괜찮다. 아무것도 하지 않으며 '빨리'만을 외치는 모습보다 훨씬 더 낫다. 결과의 빠름보다 과정의 빠름에 익숙해져야 한다.

빨리빨리

해보세요.

말로 말고

행동으로.

내일은 다르기를 기대하는 너에게

EP.3

작은 차이가
큰 결과를 만들어 낸다

고집과 아집은 한 끗 차이이다. 나는 무척이나 고집스
러운 사람이다. 시간이 흐르고 나이가 들면서 조금씩 유
해지는 부분도 있지만 가지고 있는 가치관이 너무 확고하
다. 주변 사람과 크고 작은 다툼도 많이 있었다. 멍청한데
신념이 확고한 사람만큼 무서운 사람이 없다고 한다. 지
난날을 떠올리면 20대의 나는 정말 그런 사람이었다.

대학교 졸업을 앞두고 주변의 친구들이 모두 대기업을
선망하며 휴학계를 낼 때 사회에 빠르게 나와 바닥부터
경험을 쌓아 올렸다. 그때는 모두가 반대했었다. 준비가
되지 않은 상황에서 잘못된 회사에 입사해 시간 대부분을

헛되이 쓸까 걱정 어린 시선으로 바라보았다. 하지만 걱정과 달리 나름 순탄하게 경력을 쌓아 올렸다. 아마 가치관이 신념이 된 데에는 가치관으로 여겼던 생각과 방향이 큰 어긋남 없이 성취를 이루었던 것도 큰 몫을 차지했다. 생각하는 가치관에서 큰 실패 경험이 없다 보니 무조건 내가 가진 생각이 올바르고 그 방향으로만 가야 성공하는 길에 이른다는 큰 오판한 것이다. 결국 이런 착각이 큰 실패를 불러오고 인생의 전환점을 맞이했었다.

고집은 불현듯 다가왔다. 여러 회사를 거쳐 국내의 유망한 스타트업 회사에서 비교적 어린 나이에 팀장을 달았다. 여러 프로젝트를 운영하고 관리하며 한창 기고만장했다. 많은 의사결정이 스스로 옳다고만 믿고 있었다. 분명 다른 사람의 의견을 경청하고 존중해야 했지만 나의 생각이 옳다고 맹신했다. 중요한 프로젝트를 앞두고 팀에 새로운 사람을 채용해야 하는 과정에서도 고집은 아집이 되었고 주변의 조언에도 불구하고 나의 선택을 강행했다. 불협화음으로 이어졌다. 회사에서 사람을 뽑는 과정은 오롯이 일을 대하는 태도가 중심이 된다고 생각했다. 하지만 새로운 팀원을 뽑는데 단지 일을 대하는 태도만으로 점수가 매겨진다고 생각한 건 큰 착각이었다.

결국 채용 후에 담당하던 업무를 나누고 팀 조직 편성을 새롭게 재편할 수밖에 없었다. 고집이 아집이 된 순간이었다. 모든 일에서 여러 사람과의 관계를 차치하고 혼자서 성장하고 성공하는 것은 불가능하다. 우여곡절을 직접 겪은 뒤에 고집과 아집의 차이를 확실하게 이해했다. 가치관의 고집이 결코 아집까지 번져서는 안 됨을 확신했다. 그리고 그 차이는 나의 고집이 반박에 부딪혔을 때 극명히 드러난다.

분명히 고집에는 나만의 논리 근거와 타당성이 있다. 그런 고집에 나 자신을 세우기 위해 감정이 섞이기 시작하면 아집이 된다. 마치 자존심을 위해 주변의 조언과 만류에도 내 선택이 옳았음을 주장했던 나처럼 말이다. 고집은 소신을 만들지만 옳고 그름이 정해져 있지 않다. 사람마다 최소한의 고집이 있기 때문이다. 나를 세우기 위한 고집보다 방향을 찾기 위한 고집을 부려야 한다.

버텨야만 하는 고집.
버려야만 하는 아집.

EP.4

오늘도 살아 남았다

어느덧 사회에 나온 지 10년이라는 세월이 지났다. 주변에 10년이라는 세월이 무상할 정도로 사회생활을 오래하신 분들도 있지만 10년 동안 큰 사고 없이 꾸준하게 성장했음이 뿌듯하다. 지금까지 버텨온 나날보다 앞으로 헤쳐 나갈 날들이 훨씬 많고 길다. 그럼에도, 결격 없이 살아남았다는 안도감이 오늘을 마감하는 나를 감싼다. 자아가 강하다 못해 고집이 센 나머지 다양한 사람과 어울리기 어려웠다. 오죽하면 연애를 10년 동안 했음에도 친한 친구마저 고집스러움 때문에 결혼은 하기 어려울 거라고 조언하기도 했다. 그렇게도 자기 잘난 맛에 살아오던 내가 서서히 바뀌게 시작했다.

사회생활을 시작한 지 5년이 막 지나가던 시점이었다. 일도 어렵지 않게 해내고 고객으로부터 심심치 않게 좋은 평가도 받았다. 한창 높은 주가를 달리다 보니 주변의 조언은 귀에 잘 들어오지 않았다. 설령 직속 상사가 말해주더라도 나만의 방식으로 해석하고 오해하기 일쑤였다. 작은 오해는 쌓이고 쌓여 관계에도 흠집을 내버렸다. 하늘 높은 줄 모르고 우쭐하던 나였지만 누구에게 그러하듯 시련은 비껴가지 않았다. 팀장 1년 차에 진행했던 프로젝트의 캠페인 성과가 나지 않는 사이에 비용 이슈까지 발생했고 고객과의 관계가 틀어지기 직전에 이르렀다. 자포자기의 심정으로 망연자실하고 있을 그때 위에 있던 상사가 등장했다. 하지만 그때만 하더라도 반신반의했다.

'나도 해 볼 만큼 해봤기 때문에 쉽지 않을 텐데.'

하지만 결과는 예상과는 달리 순조롭게 해결되었다. 그 내막은 모든 이슈가 해결된 뒤에 상사로부터 들을 수 있었다.

내일은 다르기를 기대하는 너에게

'잘해서 살아남은 것이 아니다.'

어떤 방법으로도 살아남았기 때문에 그 분야의 전문가로 불릴 수밖에 없다. 그동안 자신감이 넘치다 못해 자만으로 뭉쳤던 생각에 번개가 스쳤다. 그동안 주어진 모든 과제와 과업을 잘해야만 한다는 강박이 있었다. 무사히 과제와 과업을 마치고 나면 그것으로 성장했다는 성취감이 컸다. 성취감을 얻는데 지나치게 홀로 해결하려는 의지가 컸다. 비가 온 뒤에 땅이 굳어진다고 했다. 누군가에게는 대수롭지 않았던 이슈였겠지만 한차례 무기력을 겪고 난 뒤 일을 대하는 태도와 방식이 바뀌었다.

매 순간 일을 아무 이슈 없이 잘 해내야만 한다는 생각보다 조금 더 큰 그림을 보려고 노력했다. 일을 함에 이슈가 없을 수 없었다. 항상 변수가 발생했다. 무조건 잘하려고 하기보다 이슈의 원인을 분석하고 어떻게 하면 다음에는 같은 이슈가 반복하지 않을까 고민했다. 동시에 이슈를 해결할 수 있는 여러 가지 해결책을 만들어 노하우로 만들었다. 스스로 잘하려고 몰입하기보다 이미 살아남은 사람의 조언을 최대한 많이 들었다.

  비로소 눈에 보이는 것이 많아졌다. 살아남는 과정은 작은 요리 재료 하나하나에 집착하기보다 큰 냄비에 여러 가지 재료를 넣고 끓이면서 다양한 사람에게 간을 보게 하는 것과 같다. 그러면서 나만의 레시피를 가지는 것이다. 그것이 살아남는 방법이었다. 살아남음이 주는 의미를 되새긴다. 그럼, 무엇에 힘을 쏟아야 할 지 정해진다.

  나이가 들고
  늙었다는 것.
  결국 살아남았다는 것.

EP.5

왼쪽을 보면서
오른쪽을 보다

　왼쪽을 보면서 오른쪽을 동시에 보는 것은 불가능하다. 얼마나 허무맹랑한 이야기인가? 20대의 나는 분명히 평생토록 불가능한 일이라고 생각했었다. 하지만 여러 사람과 어울리며 사회적 구조가 반드시 왼쪽과 오른쪽을 볼 수 있어야 하고 보기 싫더라도 볼 수밖에 없는 구조임을 깨달았다. 물리적으로 동시에 보는 것이 불가하다. 생각을 조금 바꿔본다. 오늘은 왼쪽을 보고 내일은 오른쪽을 본다. 그러면 어렵지 않다.

　나는 회사 생활의 대부분을 영업 조직에서 보냈다. 재화 및 서비스의 공급자와 잠재적 소비자를 연결하는 과정에서 양쪽을 모두 이해해야만 했다. 무언가 다른 사람에게 팔아야 하는 상황에서 나는 그 누구보다 팔아야 하는 재화와 서비스에 대한 이해도가 높아야 한다. 내가 팔아야 하는 물건은 제품이나 서비스가 아닌 내가 마주하고 있는 잠재적 소비자이다. 아무리 내가 가진 물건과 내가 개발한 서비스가 훌륭하고 위대한지 설명해 봐야 소비자가 관심이 없다면 무의미하다. 그래서 나는 영업의 대상이 되는 사람을 잠재적 소비자라고 말한다. 잠재적 소비자가 소비자로 되기 위해서는 팔 물건의 속성보다는 소비자의 속성을 팔아야 한다. 실제로 공급자와 다를 바가 없지만 공급자적 관점이 아닌 소비자의 관점으로 접근해야한다. 이게 바로 왼쪽을 보면서 오른쪽을 보는 것과 같다.

비단 일에만 해당하지 않는다. 우리는 학교를 졸업하고 나이가 들면서 많은 시간과 장소를 경험한다. 그 안에서 적지 않은 사람들과 교류한다. 모두가 나와 생각이 같다면 매우 좋겠지만 아쉽게도 그러지 못한다. 공감과 이해의 동의를 얻는 동시에 나와 다름을 인정하기도 해야 한

내일은 다르기를 기대하는 너에게

다. 때로 설득하거나 설득을 당하기도 한다. 나의 가치관과 대립하는 수많은 모순과 마주하기도 한다. 그래서 왼쪽을 보면서 오른쪽도 봐야 한다. 정확하게는 왼쪽으로 가면서 오른쪽을 봐야 한다.

　독일의 근대 철학자 헤겔은 변증법을 통해 테제, 안티테제, 진테제로 일컬어지는 정, 반, 합을 주장했다. 역사에 기반을 두고 사회는 계속해서 흐름을 유지하고 그 흐름 안에서 끊임없이 진화한다. 사람들은 내가 가는 길을 정이라고 생각하지만, 그 안에 나도 미처 염두 하지 못한 모순이 있다. 그리고 이런 모순에서 반이 탄생한다. 반은 정에 비롯한 상징적 반응에 가깝다. 정과 반은 마치 화학적 반응과 같이 극적인 이해를 도모하고 이를 통해 발전적 형태의 합을 끌어낸다. 정이 맞는지 반이 맞는지 중요하지 않다. 내가 정의 길을 가고 있으면서도 반이 무엇인지 알고 있어야 한다.

　지금까지의 사회적 구조가 그렇게 진화를 거듭했고 합

을 도출하며 생존해 왔다. 굳이 틀렸음을 언급할 필요는 없다. 다름을 받아들이고, 무엇인지 알아야 한다. 누구도 왼쪽으로 가는 길이 정인지 오른쪽으로 가는 길이 정인지 알 수 없으니까 말이다.

왼쪽과 오른쪽.
오른쪽과 왼쪽.

어느 것도 답은 없지만
어느 쪽으로도 가더라도 끝은 있다.

내일은 다르기를 기대하는 너에게

EP.6

자주 가는
맛집이 있다

　오늘도 어김없이 점심 메뉴를 고민하고 있다. 매번 똑
같은 메뉴 선택지에 차라리 고민 없이 먹을 수 있게 회사
에 구내식당이라도 생겼으면 하는 마음이 굴뚝 같다. 특
별한 고민 없이 어제도 방문했던 백반집에 도착했다. 메
뉴 고민이 필요 없는 식당에서 이런 생각이 들었다.

　'성공의 여러 스토리에는 반드시 웨이팅이 있지 않더라
도 꾸준하게 재방문이 이루어지는 이야기가 있지 않을까?'

　우리가 매일 점심 메뉴를 고민하다가 결국에는 익숙한
백반집으로 발걸음을 옮기는 것과 같다. 대단한 매력은

없더라도 익숙한 매력으로 자꾸 재방문하게 하는 사람이야말로 진정한 능력자다.

한편으로 어떻게 재방문을 끌어내는지 궁금하다. 아무리 익숙함에 속는다고 하더라도 기꺼이 소비자의 발걸음을 옮겨 지갑을 열게 하는 매력이 하나도 없을 수는 없다. 저렴한 가격, 풍부한 양, 시선을 압도하는 퍼포먼스 중 하나라도 존재해야만 명분이 있다. 그것도 소비자의 관점에서 돈을 지급해야 하는 명분이다. 우리가 특별한 이유 없이 점심시간마다 방문하는 그 백반집도 익숙함에 속고 있을 뿐 분명히 발길을 이끄는 매력이 분명히 있다. 사람을 이끄는 사람이 되기 위해서 우리도 그런 단골집의 매력이 있어야 한다. 단지 인기 많은 사람이 되라는 이야기가 아니다.

다시 한번 연락하고 싶은 사람이 되어야 한다. 재방문 의사가 있는 가게가 맛집이 되듯, 잠시 잊혔더라도 다시 기억 속에서 되살아나고 한 번쯤 다시 연락하고 싶은 사

　　　　　　내일은 다르기를 기대하는 너에게

람이 되어야 한다. 재방문하고 싶은 사람은 어떤 사람일까? 그 분야에서 압도적인 실력을 갖추고 있다면 일차적으로 재방문 의사가 든다. 압도적인 실력을 갖춘 사람이라면 작은 부분이라도 실질적인 도움을 받을 수 있다.

평판 좋은 사람은 어떨까? 내가 직접 경험해 보지 않더라도 내가 아는 여러 사람의 평판이 좋다면 말이다. 한 번쯤 연락할 이유가 만들어진다. 메뉴의 선택폭이 많다면 어떨까? 그 사람이 직접 문제를 해결해 주지 못하더라도 문제를 해결해 줄 수 있는 다른 사람을 소개해 주거나 간접적인 방법론을 제시해 줄 수 있다.

사람들이 맛집으로 인식하는 단계는 총 3단계로 나누어진다. 어떤 포인트에서 감명받은 '경험', 재방문에도 같은 감명을 계속하여 경험하는 '인지', 인지의 결과 경험을 반복적으로 학습하는 '무의식'이다. 재방문이 요망한 사람도 우리가 인식하는 맛집의 메커니즘과 비슷하다. 압도적인 퍼포먼스이거나 실질적 도움이 되는 인적 네트워크 등 어떠한 방법으로 감명을 준다.

그 감명이 반복되었을 때 무의식중으로 같은 상황이 처하면 같은 사람을 방문한다. 그리고 내가 누군가의 재방문 의사 가득한 맛집이 되었을 때 그 대체재가 생기기 전까지는 일정 수준의 비용과 가치를 내더라도 사람이 몰린다. 그래서 우리에게 성공이라는 가치는 수 시간을 기다려야 하는 웨이팅 맛집이 아니라 언제든 부담 없이 찾을 수 있는 재방문율이 높은 맛집일지도 모른다.

언제나 평점 5.0의 맛집만 골라 갈 수 없다. 내가 만족할 수 있는 제대로 된 강점 하나, 특별히 흠잡을 데 없는 4.5의 가게가 경쟁에서 살아남는 맛집이라고 부를 만하다. 아마 내일도 특별한 일이 없다면 나는 그 백반집을 향해 발걸음을 옮기고 있을 것이다. 나도 그런 사람이 되길 바라면서 말이다.

내일은 다르기를 기대하는 너에게

한 번은 가능하다.

두 번은 쉽지 않다.

세 번은 불가하다.

재방문하지 않으면
평생을 찾지 않는다.

EP.7

절대 속지 마라

　익숙함에 속는다. 남 부럽지 않은 인생을 살아왔지만, 유난히도 남을 부러워했다. 전에 없던 특별함을 부러워했던 것은 아니었지만 돌이켜보면 그저 운이었을지도 모르는 지나가는 상황을 잡고 싶어 했다. 나이가 들수록 막연한 부러움을 조금이라도 쟁취해 보고자 하는 마음에 내게 없는 무언가를 가지고 있는 사람에게 큰 매력을 느꼈다. 결혼식의 사회를 부탁했던 친구에게 누구보다도 넓은 인간관계와 호감인 첫인상을 배우려 했다. 가장 오래 다닌 회사의 직속 상사는 아니었지만, 최소한 마음의 안식처였던 선배에게 조금 더 넓은 시야와 선입견을 벗어내는 기술을 배우고 싶었다. 인생의 1/3 이상을 함께한 아내에게

　　　　　　　　내일은 다르기를 기대하는 너에게

는 그 누구도 줄 수 없는 동기부여를 매일 느끼려고 했다.

철없던 학창 시절, 나는 우정이 영원하리라 생각했다. 하지만 시간이 흐르고 직장이 생기고 가정이 생기면 각자만의 이유로 우정과 의리에 소홀해졌다. 연애도 다르지 않다. 불꽃만 같던 사랑은 시간이 흐르면서 차츰 은은한 숯과 같아진다. 따뜻한 온기가 남아 있지만 예전처럼 활활 타오르기 쉽지 않다. 반드시 과거의 영광과도 같았던 우정을 유지하고 온기만 남은 숯에 기름을 붙여 활활 태우라는 의미가 아니다. 과거의 영광을 당연하게 받아들이는 모습을 경계하라는 의미이다.

지금의 나를 혼자서 만들었다고 생각하면 큰 오산이다. 사회의 본질적 메커니즘이 혼자서 모든 내용을 알고 문제를 해결할 수 없으므로 그러하다. 자수성가의 표본이라고 불리는 사람들 역시도 그들의 곁에는 일 외적으로 심적 의지하거나 일로써 도움을 받지 않고서는 달성하기 어려웠다. 우리는 원하는 바를 달성한 뒤에 관계를 유지하지 못한다. 혹은 핑계를 대며 형식상 관계 유지를 포장하고 있다. 절대 익숙함에 속지 마라. 당연한 것은 존재하지 않는다.

지금 내가 여러 관계에서 누리고 있는 소중함을 다시금 떠올려보자. 니체는 인간은 망각의 동물이라고 말했다. 단지 여러 이유를 들며 오늘 하루도 소중한 하나를 잃고 있을 뿐이다. 분명히 편안함이 익숙함을 만든 것이다. 항상 적당한 불편함을 유지해야 한다. 편안함에서 비롯한 익숙함이 당연하게 받아들여져 안주하지 않도록 긴장감이 있어야 한다. 반드시 필요하다. 자극이 없다면 그만큼 나태해진다. 인간이기 때문이다.

먼저 연락한다. 나에게 먼저 연락하지 않는다고 내가 먼저 연락하지 않을 이유는 없다. 혹은 상대가 그만큼 나에게 소중한 사람이 아니라는 방증이다. 인간관계란 주고받음 속 선택의 연속이다. 나의 선행은 내가 누군가에게 얼마나 소중한지 가늠할 수 있는 계기가 되기도 한다. 나의 인간관계는 울타리를 두른 목장이 아니다. 소중한 관계라고 해서 영원히 내 울타리 안에서 상대가 있지 않다. 그리고 있어야만 할 이유도 없다. 내가 상대의 울타리 안에 갇힐 생각이 없듯이 말이다. 무소식이 희소식이라고 하지만 오늘만큼은 낯 간지러울 만큼 익숙하면서 소중한 대상에게 간단한 마음을 전해본다.

익숙함에 속지 않으려면
불편을 감수하라.

불편함 속 편함이
소중함을 지켜줄 테니.

EP.8

좋은 어른

　과연 지금의 나는 어른이라고 할 수 있을까? 단지 나이가 들면 어른이 된다고 생각했다. 10대 청소년의 나는 20대 대학생이 되면 모든 일을 해내는 슈퍼맨이 될 줄 알았다. 20대 대학생의 나는 30대 회사원이 되면 세상의 중심에 서게 될 거라 생각했다. 남들이 모두 인정하는 번듯한 회사에 다니며 남부러운 연봉을 받고 멋지게 부모에게서 독립해 여가를 즐길 줄 아는 그런 어른 말이다. 그리고 그런 어른이 멋진 어른이라고 생각했다.

　하지만 어른이 되는 길은 생각보다 험난했다. 하루아침에 내가 생각했던 어른이 될 리가 만무했고 그냥 나이를

　　　　내일은 다르기를 기대하는 너에게

먹은 어른이 되어 있었다. 누가 뭐라고 해도 치열한 삶을 살아왔다고 자부하지만 내가 생각했던 멋진 어른과는 거리가 있었다. 하루는 이런 생각이 들었다.

'멋진 어른이란 정말 내가 생각했던 것일까? 지금, 이 순간을 있는 그대로 인정하는 것이 좋은 어른이 아닐까?'

자꾸만 증명해 보이고 싶었다. 멋진 어른이 되기 위해서는 마치 나처럼 성공한 사람임을 증명해야 했다. 이런 말을 들었다. "너의 있는 그대로가 매력이야. 누군가는 그 매력을 좋은 어른이라고 생각할 거야." 맞다. 나는 멋진 어른보다는 조금 더 좋은 어른이 되고 싶었다. 멋진 어른이라는 프레임에 갇혀 현실을 부정하고 있던 나와 거리를 두었다.

기준을 나에게 맞추었다. 먼저 취업한 친구, 승진해 앞서가는 동료, 재테크로 성공한 사람으로 눈을 돌리지 않았다. 오로지 나를 보기 위해 노력했다. 때로 이기적인 사람이라는 말을 듣기도 했다. 참 고집스럽기도 했다. 하지만 나만의 방식으로 도착했다. 남들보다 조금 늦게 도착하기도 했고 지름길이 아니라 길을 돌아오기도 했지만, 끝내 도착했다. 나만의 방식으로 목표에 도달하기 위해 늘 나만의 출발선을 그었다. 그리고 그 출발선은 항상 일을 시작하기 위한 기본이 되었다. 어느 순간 삶을 대하는 태도가 되었다. 비로소 기본을 갖춘 좋은 어른이 될 수 있었다.

카우북스의 대표이자 일본의 유명 에세이 작가인 마쓰우라 야타로(Yataro Matsuura)는 그의 저서에서 "기본 찾기는 온전한 자기 자신으로 있기 위한 출발선을 발견하는 일, 언제나 새로운 나날을 보내기 위한 첫걸음."이라고 말했다. 나만의 기본이 있는 어른, 그게 좋은 어른의 시작이었다.

어렸을 때는 하고 싶으면 해야 했다. 이제는 하고 싶어도 할 수 없고 하지 말아야 함에 익숙해졌다. 선택에 따

내일은 다르기를 기대하는 너에게

른 기회비용은 점점 더 커졌다. 그만큼 삶의 무게감이 달라졌다는 의미이기도 했다. 순서를 정했다. 하고 싶은 것보다는 해야 할 것에 관심을 뒀다. 일할 때나 휴식을 취할 때도 무엇을, 어떻게 해야 할지 고민했다. 쓰라린 상처를 온몸에 달고 살아서 아팠다. 인간은 적응과 인내의 동물이라고 했다. 시간이 지나니 웬만한 상처는 꽤 참을 만했다. 상처와 성취를 반복하며 해야 할 것은 어느새 하고 싶은 것이 되어 있었다.

외로움과 친구가 되었다. 항상 나를 밖에서 찾았었다. 사람들 곁에서 나의 존재를 인정받고 싶어 했다. 하지만 점점 혼자 있는 시간이 많아졌다. 해야 할 일이 많으니 자연스레 혼자 있는 시간도 많아졌다. 외로움을 슬기롭게 이겨내는 지혜가 생겼다. 생각보다 외로움과 함께할 수 있는 것들이 많았다. 오히려 외로워서 잘되는 일이 더 많기도 했다. 외로움을 배경 삼아 내가 머릿속으로 그린 이미지를 그림으로 그려 넣었다.

하얀색 빈 도화지와 같은 외로운 종이는 오히려 그 어떤 색으로 그려도 잘 어울렸다. 나만의 색으로 외로움을 채워 넣는 과정이 행복했다. 그리고 좋은 어른이 되어갔다. 어른이 된다는 것은 행복한 일이다. 어른이 되며 외로워지는 것을 두려워하지 말자. 외로움을 겪고 이겨내는 지혜가 생긴다는 것은 결국 좋은 어른이 되어가는 과정이기 때문이다.

'어른이' 된다는 것.

'어른'이 된다는 것.

/ 경제관 /

6.

나도 돈을

많이

벌고 싶었다

EP.1

가난해지는 습관

받는 월급의 액수와 무관하게 한 달에 평균적으로 돈을 얼마나 쓰는가? 월급 기준으로 1/3 정도를 개인 용도로 사용한다고 봤을 때 나머지 2/3는 어디에 쓰는지 명확하게 알지 못했다. 생각보다 더 많은 돈이 불필요하게 지출되고 있다. 나의 빵빵한 지갑이 예상외로 이런 불필요한 지출을 부추기고 있다는 사실을 확실하게 알고 있어야 한다.

30년 평생 신용카드의 필요성을 못 느끼다가 34살에 비로소 결혼을 준비하면서 처음으로 신용카드를 만들었다. 평소 소비 습관을 고려하면 상상할 수 없는 수백만 원도 지출도 망설임 없이 지출했다.

‘신혼이니까, 고생한 우리를 위한 선물.’

이라는 이유로 큰 비용을 결제하는데 갖다 붙일 명분도 충분했다. 그리고 신용카드의 명세서를 처음 받았을 때의 심리적 충격이란 사회생활을 처음하고 통장에 첫 월급을 받았을 때만큼 컸다. 기분으로 돈을 쓰면 어떤 결과를 초래하는지 몸소 체감한 계기가 되었다.

부자가 되고 싶다면 가난에서 벗어날 방법을 먼저 생각해야 한다. 막연하게 부자가 되는 방법은 없다. 가난하지 않을 방법이 곧 부자가 되는 지름길이다. 오늘도 유튜브로 부자 되는 법을 찾고 있다. 미디어가 고도로 발달한 요즘, 모든 매체가 부자 되는 법에 대해서는 하루에도 수백 개, 수천 개의 방법을 쏟아낸다. 반대로 가난해지는 습관에 대해서는 잘 다루지 않는다. 부자가 되기 위해서는 내가 가지고 있는 기반을 쌓아 올려야 하는데 정작 부자가 되는 방법보다 더 중요한 이야기를 하지 않는 셈이다. 그것이 경제적 풍족이거나 재능 혹은 노력 중 어떤 것이라도 말이다. 그렇게 복잡한 이야기가 아니다. 분수에 맞는 소비가 필요하다.

오늘은 기분이 좋아서 카드를 긁고 고생한 나를 위로 하기 위해 매일 술을 마시는 것이 아니라 내가 벌어들이는 만큼 지출해야 한다. 사고 싶은 것도 먹고 싶은 것도 마음대로 할 수 없는지 말이다. 마음대로 해도 상관없다. 본질은 마음대로 하면서 달성할 수 없는 목표까지도 동시에 달성하기를 바라지 않아야 한다. 마음대로 신용을 팔면서 부자가 되기를 바라는 것과 같다. 오른쪽을 보면서 왼쪽을 봐야 하는 것과 같은 이치이다.

즉각적 쾌락을 위해 신용을 파는 것을 절대 두려워하지 않는다. 그 결과는 쉽게 짐작할 수 있듯이 또 다른 방법으로 신용을 팔아야 한다. 신용을 팔아 즉흥적 소비를 즐기고 신용의 믿음이 깨지지 않도록 다른 곳에 신용을 파는 악순환의 고리가 반복된다. 가지고 있는 신용카드부터 없애서 악의 고리를 끊어야 한다. 가장 쉬운 방법이기 때문이다.

무엇이든 쉽게 얻는 것은 쉽게 잃어버리는 법이다. 신용을 대가로 쉽게 원하는 바를 얻는 만큼 큰 대가가 따르고 그 대가를 다하지 못했을 때는 가지고 있는 신용을 가장 먼저 잃어버린다. 쉬운 방법으로 신용을 잃는다면 매월 집 앞으로 날아올 명세서의 숫자를 어떻게 갚아야 할지 고민에 빠지며 살아야 한다. 불필요한 고민을 하지 않는 것만으로도 한 걸음 더 먼저 앞서 나갈 수 있다.

평생에도 얻지 못하는데
한순간에 날아가 버리는

지금 당신의 신용은 안녕한가요?

내일은 다르기를 기대하는 너에게

EP.2

씀씀이라는 퍼즐

씀씀이가 다르다는 것은 하나의 퍼즐게임과 같다. 경제관도 마찬가지이다. 나에게 맞는 100피스, 1,000피스짜리 퍼즐을 맞추어 가는 과정이다. 한 번이라도 퍼즐을 맞춰 보았다면 알 수 있다. 퍼즐을 맞출 때 마음에 들지 않는다고 혹은 마음에 든다고 해서 퍼즐 판에 맞게 퍼즐 조각을 바꿀 수 없다. 결국 주어진 조각에서 나에게 맞는 사람을 찾아가는 과정이다. 사회생활이 농익을수록 여러 사람 관계에서 돈과 관련한 불협화음이 생기기 시작한다.

소비 습관이 맞지 않아 문제가 생기기도 하고 재테크 방법론에 관한 생각이 달라서 고생하기도 한다. 그때마다 많은 사람은 나를 기준으로 상대방의 퍼즐 조각을 깎거나 붙여서 퍼즐 판에 맞추려고 한다. 그렇게 억지로 만든 퍼즐은 나의 퍼즐 판에 결코 끝까지 붙어 있지 못한다. 수년에 걸쳐 만들어진 퍼즐 조각인데 그렇게 쉽게 바뀔 수 없다. 오히려 본인과 더 잘 맞는 퍼즐 판을 위해 발걸음을 돌릴지 모른다.

관계를 형성한 기간에 비례해 그 관계의 돈독함을 과시하는 사람이 적지 않다. 그리고 그렇게 맺어진 관계는 위기 없이 영원불변할 것이라고 단언한다. 생각보다 돈 앞에서 인간의 관계가 나약해지는 모습은 굳이 여러 사례로 설명하지 않아도 우리 주변에서 어렵지 않게 마주할 수 있다. 심지어는 MBTI와 같은 심리테스트를 통해 은근슬쩍 돈으로 그룹을 형성하기까지 한다.

씀씀이나 소비 패턴이 맞지 않아 만나고 연락하는 데 고민이 생긴다면 그러한 관계에 집착하지 말자. 과거의 관계에는 지금 고민하는 소비가 중요하지 않았다. 지금의

내일은 다르기를 기대하는 너에게

나에게 관계 형성에서 가장 중요한 것은 소비 패턴이다. 굳이 억지로 관계를 지울 노력을 들이지 않아도 된다. 인간은 관심이 동물이기 때문이다. 인위적으로 멀리하지 않더라도 소비가 멀어지면 내가 상대의 관심에서 멀어진다. 관계 정립에 대한 고민을 이어갈 시간에 내 소비 퍼즐 판에 꼭 맞는 퍼즐을 찾는데 신경을 쏟으면 된다. 우리는 퍼즐의 완성이 곧장 부로 연결됨을 알고 있다. 하지만 하나만 더 기억하자. 퍼즐을 완성하기 위해서 돈이 필수조건은 아님을 말이다.

쓰임이가 달라서
따라가기 힘들다.

돈의 쓰임이 아닌
시간의 쓰임.

그것으로 완성될
당신의 퍼즐.

EP.3

흔적을 남겨라

   돈을 벌고 쓰는 데 반드시 흔적이 있어야 한다. 매월 정해진 날에 급여는 통장에 꽂힌다. 급여가 통장으로 들어올 때면 예상한 금액이 잔고로 남아 있어야 하는데 의도하지 않았던 지출 때문에 돈이 부족해 긴축했다. 반대로 기대하지 않았던 수입이 발생해 필요도 없는 물건을 급히 구매했다. 몇 번 써보지 못하고 내버려두거나 중고로 되팔아본 경험도 있다. 어렸을 때 어른들이 항상 적은 금액이라도 용돈 기입장을 쓰라고 했다. 이런 이유 때문이다.

   유난히 돈이 들어오고 나감에 민감하고 꼼꼼하게 관리하는 사람들이 있다. 흔적을 남기기 위해서이다. 어디서

          내일은 다르기를 기대하는 너에게

돈이 들어왔고 어떻게 사용했고 그 때문에 어떤 결과와 기회가 닿았는지 명확하게 아는 부류의 사람이다. 이렇게 흔적을 남기고 남긴 흔적이 반복해서 쌓이게 되면 같은 돈이라도 효율적으로 사용하고 단순히 효율을 넘어서 돈을 굴리는 노하우가 쌓인다. 돈을 많이 버는 것에만 몰입하지 않고 보유한 돈을 굴리면서 같은 돈이라도 스스로 최대의 만족을 찾는 방법에 깨달음을 얻는다.

매우 중요하다. 우리는 흔히 어떻게 하면 돈을 많이 벌 수 있을지 끊임없이 고민하고 관심을 둔다. 반대로 이미 가지고 있는 것을 어떻게 효과적으로 굴리고 키울 수 있을지에 대한 고민은 잘 하지 않는다. 귀찮고 손이 많이 가기 때문이다. 모두가 돈을 많이 벌고 싶어 하기 때문에 이런 귀찮음을 감수해야 한다. 공을 굴릴 줄 아는 사람에게 더 큰 공을 굴릴 기회가 주어지기 마련이다. 작은 공부터 굴려본 사람은 꼭 공이 아니더라도 유사하게 둥근 물건은 대체로 다 굴리는 재주를 부린다. 개인 통장이 아니더라도 돈과 관련한 둥근 것은 무엇이든 굴릴 수 있다.

무엇보다 먼저 기록으로 남겨야 한다. 기록이 결국 나만의 흔적이 된다. 육하원칙에 따른 흔적으로 남는다. 가능하다면 매일의 수입과 소비를 기록으로 남긴다. 어렵다면 최소 1주 단위로 기록을 남긴다. 기록이 어느 정도 쌓이면 루틴이 된다. 그때부터는 무엇을 넣고 무엇을 빼야하는지 스스로 판단이 생긴다. 더 넣는 것은 새로운 벌이가 있어야 하니 당장 쉽지 않다. 그럼 빼야 하는 것부터 시작하는 것이다. 딱 3개월만 해보면 된다. 흔적을 남기기까지 익숙해지는 시간이 3개월이다. 선택은 나의 몫이지만 바꾸지 않으면 바뀌지 않는다.

돈 쓰는 것이 좋다.
돈 쓰는 것을 쓰는 것.

쓰면서 번다.

내일은 다르기를 기대하는 너에게

EP.4

쓸라면 확실하게

10년 연애를 거쳐 결혼하면서도 더치페이를 일상으로 삼았다. 집안이 어려운 것은 아니었고 경제적으로 부양을 책임질 필요는 없었다. 대학교를 졸업하고 어린 나이에 사회에 나와 일찍이 이름 없는 회사에서 사회생활을 시작했다. 한 푼 한 푼 헛되이 쓰고 싶지 않은 마음이 가장 컸다. 누군가 정이 없는 구두쇠 취급했지만, 그런 남들의 시선은 크게 개의치 않았다. 이게 내가 생각한 길이고 그 길에 흔들림이 없었기 때문이다. 그런 가치관이 굳게 유지된 데는 그 뜻이 맞다고 지지해 준 곁에 있었던 사람들도 큰 몫을 했다.

시간이 흐르고 많은 사람을 만나기 시작하면서 모든 만남에서 더치페이하고 칼같이 선을 긋기 어렵다고 체감했다. 선을 그을수록 많았던 주변의 사람들이 멀어졌고 관계의 유지가 어려웠다. 무엇보다 돈을 쓰면서도 어설프게 쓰는 모습을 썩 좋아하지 않았다. 무언가 아깝게 느껴지고 쓴 돈에 대한 보상을 염두 하는 듯한 뉘앙스는 다른 사람이 보기에 성숙하지 못한 어른의 모습으로 보였을 것으로 후회한다. 한순간에 가치관을 바꾸기가 쉽지 않았다. 나만의 방식을 정했다. 적어도 아까워하지 말자. 쓰려면 확실하게 써야 한다.

　확실하게 쓰는 대신 사람을 선정했다. 내가 그렇게 할 수 있는 사람, 그렇게 해야만 하는 사람으로 구분했다. 방법도 고민했다. 아낌없이 쓰되 상대방이 부담 갖지 않아도 될 수준으로 돈을 썼다. 방법을 바꾸니 결과도 달라졌다. 이전에는 더 넓은 인간관계를 형성하는 데 집착했다면 이제는 한 사람, 한 사람과의 관계를 만들어 가고 유지하는 데 집중했다. 돈으로만 인간관계가 형성되는 것은 분명히 아니다. 하지만 간과할 수 없을 정도로 무시 못 하는 역할을 차지하기도 한다.

사람과의 만남에서 돈은 다른 무엇보다 잘 써야 한다. 자칫 돈은 돈대로 쓰면서 보람과 가치도 없이 헛돈을 쓰고 사람은 얻지 못하는 최악의 결과를 얻는다. 쓰려면 확실하게 쓰라고 말한다. 확실하게 쓰는 법이 어렵다면 좋은 시간을 보내고 계산대로 향한다. 오늘은 내가 산다는 말을 덧붙일 필요도 없다. 굳이 나는 오늘 너를 위해 내 돈을 쓰겠다는 의미를 부여할 필요가 없다. 대신 자연스럽게 다음을 기약한다.

'언젠가'라는 추상적인 약속보다 구체적인 날짜를 확정한다. 일자를 정하기 어렵다면 계절이라도 정한다. 나를 위해 언제든 시간을 내줄 수 있는 사람이라면 그 관계가 돈독하게 유지될 가능성이 높다. 그렇게 돈에 대한 즉각적인 보상보다도 관계가 이어질 수 있는 사람을 고른다. 확실하게 쓰라는 의미는 물리적 보상이 아닌 관계적 보상을 위한 것임을 잊지 말아야 한다.

어중간함 그리고 애매함.

그것이 만드는 불확실성.

쓰고도 불편하다면

안 쓴 것만 못하기 때문에.

쓰려면 차라리 확실하게

그래야 나도 확실하니까.

EP.5

진짜 부자

무료 인생이다. 많은 미디어나 매체를 통해 전 세계 부자 순위를 한 번쯤은 봤다. 미국의 대표적인 출판 및 미디어 기업인 포브스(Forbes)에서는 대중의 관심을 이끌기 위해 직설적으로 부자 명단이나 백만장자 명단을 발표하기도 한다. 그만큼 우리는 남녀노소 누구나 부의 축적에 본능적 이끌림을 가지고 있다. 이미 그만한 부를 축적한 사람이 누구인지 궁금해하고 그들이 어떻게 그 자리에 오르게 되었는지 끝없는 호기심을 가진다. 한편으로 너무 큰 부의 차이에서 비현실감을 느끼기도 한다. 중동 지역의 석유 재벌로 유명한 무함마드 빈 살만 알 사우드(Mohammed bin Salman Al Saud) 사우디아라비

아 왕세자나 테슬라의 창업주인 일론 머스크(Elon Reeve Musk)의 일거수일투족에 흥미가 있으면서도 현실성이 없다고 느낀다.

자연스럽게 현실적으로 내가 도달할 수 있는 정도, 현실감이 있는 부에 매우 집착한다. 직장인 연봉 1억이 아주 대표적인 기준이다. 많은 직장인 커뮤니티에는 연봉 1억을 인증하면 이를 대표하는 배지를 부여하기도 한다. 주변에는 인생의 목표치를 연봉 1억 달성으로 설정한 사람도 심심치 않게 볼 수 있다. 다수가 오르고 싶어 하는 대중적이고도 보편적인 그 목표를 달성한 사람들은 어떤 조언을 해줄까? 이미 목표를 달성한 사람들과 가깝게 지내라? 뒤도 돌아보지 말고 무조건 열심히 해라? 악착같이 모아라? 과연 그렇게 하면 정말로 나도 그들처럼 연봉 1억을 달성할 수 있을까? 과연 그들의 1억이라는 숫자는 어디에서 오는지 한 번쯤 생각해 본 적이 있는가?

이론적으로 돈은 얼마든지 무한정으로 찍어낼 수 있다.

내일은 다르기를 기대하는 너에게

수요와 공급, 그리고 돈으로 값이 매겨지는 가치의 안정을 위해서 목적을 가지고 무한정으로 찍어내지 않을 뿐이다. 자본주의 관점에서 돈을 찍어내는 행위를 멈추지는 않는다. 사회적 합의에 따라서 유, 무형의 가치를 소유하기 위해 국가가 돈을 그 수단으로 인정했기 때문이다. 돈의 생산이 멈추지 않기 때문에 돈으로 구매할 수 있지만, 제한이 있는 한정 자산은 필연적으로 가치가 상승한다. 돈이 돈 그 자체로 멈춰 있으면 시간이 지남에 따라 부의 축적은 불가하다. 얼마를 벌어들이든 벌어들인 돈의 가치를 한정 자산으로 환산해야 지속해서 부를 축적할 수 있다.

쓸수록 줄어드는 소비가 아니라 쓸수록 채워지는 소비를 해야 하는 이유도 여기에 있다. 돈의 가치가 자산으로 환산되며 자산가가 되는 순간 소비는 또 다른 가치 창출이 되고 그것은 다시 돈으로 바뀐다. 세상을 무료로 살아간다는 의미는 소득의 소비가 다시 소득이 되는 선순환이 내포되어 있다. 연봉 1억을 기준으로 세금을 내고 약 700만 원 가량의 소득을 그대로 통장에서 출력해서 쓴다면 결말은 뻔하게 예측할 수 있듯이 통장의 잔고가 0원이 된다. 소득 대부분을 노동력으로 충당한다. 노동력의 시장 가치로 1억 원을 증명하는 것이 불가하지는 않다. 문제는 그 가치를 인정받는 기간이 유한하다. 심지어는 너무 짧기까지 하다.

절대 오해하지 말자. 일하지 말라는 이야기가 아니다. 불로소득을 추구하라는 말이 아니다. 소득을 자산으로 치환해야 하는데 소득은 노동에서 발생한다. 우리는 소득의 자산 변환, 이것을 흔히 재테크라고 부른다. 재테크를 공부하는 대부분은 알고 있다. 하지만 실천하지 않는다. 조금 실천하다가 금방 멈춘다. 소득은 월마다 통장으로 들어온다. 즉시 눈에 보인다. 자산은 최소 1년, 길게는 10년까지도 인내해야 한다. 모두가 재테크라는 단어에만 꽂혀 있을 때 왜 우리가 재테크를 해야 하는지 그 본질에 대해 말하고 싶다. 단순히 회사에 다니지 않고 불로소득을 얻는다는 접근방식은 외형에 불과하다. 돈의 본질에 대한 이해가 필요하다. 우리가 지금, 이 순간에도 노동에 열을 다하는 이유는 마약과도 같은 월급의 굴레에서 벗어나기 위함이다.

오늘도
무료 인생을 위한
유료 인생을 살아야

내일은
유료 인생을 위한
무료 인생을 산다.

EP.6

얼마나 더
벌어야 할까?

    대기업에 취업만 하면 성공하는 시대는 지나가고 있다. 상대적이지만 시간이 흐를수록 등용문의 폭은 좁아지고 있고 문턱 또한 높아지고 있다. 고난 끝에 입사하면 끝이라고 생각했지만, 끊임없는 경쟁의 연속에 지쳐만 간다. 2023년에는 처음으로 2030 인구의 신규 사업자 등록 비중이 5060 인구를 추월하면서 취업만이 성공의 지름길로 인식되던 트렌드에서 조금씩 변화하고 있음을 보여주고 있다. 이와 동시에 소속감에 얽매이지 않는 경제적 자유를 얻기 위해 부업을 하거나 망설임 없이 다니던 회사에서 퇴사하고 스스로 꿈과 비전을 찾아 떠나는 사람도 어렵지 않게 접할 수 있다.

          내일은 다르기를 기대하는 너에게

실제 국내 389개 회사의 인사팀 담당자 500여 명을 대상으로 설문한 결과, 퇴사 후 1년 이내 재입사한 직원을 목격한 경험이 있다고 응답한 사람의 비중은 56%에 달했다. 준비되지 않은 독립 의지가 실패로 이어질 확률이 높다. 우리가 흔히 말하는 '파이어족'의 본질은 계획되지 않은 꿈을 향한 무한한 용기가 아니라 충분한 연습과 검증을 거쳐 다음 단계로 나아가는 준비된 설정임을 알아야 한다. 그래서 소득 기준점이 필요하다. 내가 어느 정도 수준의 소득에서 부족함 없이 살아갈 수 있는지 알아야 한다.

핵심은 '부족함'이다.

"내가 어느 정도 수준으로 벌어야지 만족할 수 있을까?"

소득 분리 기준에 벗어나는 질문이다. 인간의 본성에 욕심과 만족이 끝이 없기 때문이다. 만족감이란 도파민과 같아서 1부터 10의 만족감에서 더 큰 만족감을 요구한다. 만족을 위한 소득의 기준은 스스로 정의하기 너무 어렵다. 소득이 1년에 10억인 사람이 본인의 소득으로 절대 만족할 수 없다. 그래서 우리는 언제나 먼저 사다리를 타고 지붕 위로 올라간 선구자의 희생양이 될 가능성이 높다.

소득 분리가 필요하다. 일하지 말라는 의미가 아니다. 오히려 일은 더해야 한다. 소득의 분리와 불로소득에 대해 구분하지 못한다. 소득의 분리를 통해 노동 가치의 증진을 기대해야 한다. 회사에서 9시에 출근해 6시에 퇴근하면 300만 원의 소득이 발생한다고 가정해 보자. 내가 만약 회사에 다니지 않고 2주 만에 300만 원의 소득 창출을 달성한다면 회사에 다닐 이유가 사라진다. 다른 2주의 시간을 추가적인 소득을 위해 사용하기 때문이다. 모든 내용을 알면서도 실천하는 사람이 드문 이유는 2주 만에 300만 원을 벌어들일 확신이 없기 때문이다. 그러니 100% 확률이 보장되는 선택을 포기 못 하는 것이기도 하다.

우리는 확률 게임을 해야 한다. 확률을 높이기 위한 계속된 검증이 필요하다. 검증의 과정에서 스스로 만든 가

내일은 다르기를 기대하는 너에게

설의 실패를 맛봐야만 한다. 이 모든 과정에는 노동이 필연적이다. 그래서 어떤 형태의 소득이 발생하더라도 불로소득과는 구분된다. 노동의 가치를 높이는 방법은 주식과 부동산이다. 역사적으로 거대한 부의 이동에는 항상 변화가 뒤따라왔다. 자본주의 생산의 3대 요소는 예로부터 토지, 노동, 자본이었다. 누군가는 유한한 환경에서 토지의 개념이 바뀌었고 자본의 흐름 또한 블록체인 및 NFT(Non-fungible token)로 대체된다고 말한다.

현재를 살아가고 있는 우리에게 현실적 부의 가치가 바뀌었는지 냉정하게 바라볼 필요가 있다. 당장 지금 하는 일을 포기하고 주식과 부동산으로 소득을 만들라는 의미가 아니다. 우리는 항상 확률 싸움을 하고 있으므로 소득의 분리 가능성이 높은 방법과 계속하여 분리 경계선을 명확하게 그려야 한다. 마치 수십, 수백만 원을 들여 외국어 공부를 하거나 코딩 공부하듯이 말이다.

가상화폐 신화가 한순간에 몰락하고 수많은 기업이 도

전장을 내밀었던 메타버스 사업에서 철수하는 지금, 우리가 봐야 하는 현실이 무엇인지 자각해야 한다. 역사가 그래 왔듯 10년, 100년 뒤에는 또 다른 세상이 펼쳐질 수 있다. 하지만 우리에게 주어진 시간과 최고의 선택이 무엇인지를 고려할 때 추상보다 현상으로의 집중이 필요하다 말하고 싶다.

'불로'소득.

'불'로소득.

소득의 분리를 위해

불을 지펴야 할 가치가 어디에 있는지.

내일은 다르기를 기대하는 너에게

EP.7

나는 돈을
모으고 싶다

 나는 돈을 모으고 싶다. 나만 아니라 모두가 돈을 모으고 싶어 한다. 문제는 방법을 모른다. 생각보다 사회생활을 5년 이상 오래 했던 직장인도 돈을 모으는 방법에 대해서는 잘 모르는 경우가 많다. 돈을 모아본 적이 한 번도 없기 때문이다. 내가 무한정 돈을 찍어낼 수 있는 초능력을 가지고 있지 않기 때문에 돈을 모으기 위해서는 소비를 줄이거나 수입을 늘려야 한다. 모두가 알고 있듯이 수입을 늘리는 것은 어지간한 방법으로는 불가하다. (갑자기 로또가 당첨되거나 천운으로 사업이 대박 나지 않는 이상) 직장인 생활 10년 동안 평균 급여가 크게 오르지 않는다. 나는 비교적 좋은 평가를 받고 적지 않은 대우를 받으며 여러 이직에 성공했음에도 첫 급여와 비교해 현재 급여가 고작 2.5배 차이에 불과하다. 그럼, 우리에게 주어진 방법은 소비를 줄이는 방법이다.

불필요한 소비를 줄여야 한다. 필요한 소비 습관을 들이지 않으면 아무리 돈을 많이 벌더라도 그저 밑 빠진 독에 물을 붓는 꼴이다. 특히 돈을 처음 만지기 시작하는 사회 초년생에게 소비 습관을 잘 들이는 과정이 꼭 필요하다. 좋은 소비 습관을 들이기 위해서, 필요한 행동이 가계부 정리이다. 요즘은 세상이 좋아져서 보유하고 있는 카드만 연동하더라도 사용 내역에 대해서 자동으로 가계부를 정리해 주는 서비스가 있다. 내 돈이 언제 어디서 어떻게 쓰였는지 알아야만 고정 지출을 줄이고 소득 금액의 규모를 키울 수 있다. 지금 수준에 맞는 저축 규모가 어떻게 되는지도 파악할 수 있다. 종종 주변에서 선 소비 후에 남는 돈으로 저축하는 사람을 어렵지 않게 만날 수 있다. 이래서는 절대 돈을 모으기 어렵다. 강제라도 저축이 필요하다. 먼저 저축하고 남은 돈으로 생활하는 습관을 들여야 한다.

　사회 초년생에게는 매월 정기적으로 납부되는 단기 적금을 꼭 추천한다. 사실 적금에 가입하는 습관은 반드시 사회 초년생에게만 적용되는 사항은 아니다. 나는 매년 새해가 밝으면 시장에 새롭게 나온 적금 상품을 꼭 알아본다. 시장 상황에 따라 조금씩 차이는 있지만, 본인의 상황에 적합한 상품은 조금만 알아보면 어렵지 않게 찾을 수 있다. 조금은 빠듯하다는 느낌이 들도록 월 납입액을 설정해야 한다. 그래야 강제성이 따른다. 그렇다면 예정된 적금이 만기가 되어 목돈이 마련되면 다시 종잣돈으로 만든다. 대체로 돈을 잘 모으지 못하는 사람들의 특징은 목돈을 마련하면 소비의 근거로써 사용한다. 갖고 싶었던 명품을 구매하거나 럭셔리 여행을 떠나는 것과 같다.

　돈을 모으는 다음 단계로 넘어가기 위해 목돈을 쪼개 다시 종잣돈을 만들어야 한다. 복리식 적금을 만든다. 1개로 시작했던 적금은 2개에서 3개로 불어나고 이런 결과로

4~5년 정도 지나면 결코 무시할 수 없는 돈이 종잣돈으로 쌓인다. 쌓여 있는 종잣돈의 규모도 중요하지만, 더욱 값진 것은 목돈을 만들 수 있는 능력과 노하우가 생겼다는 점이다. 소비 습관도 정립되었다. 소비 습관은 마치 어린아이가 배우는 언어와 같아서 빠르게 흡수되고 한번 정착하면 바꾸기도 쉽지 않다.

1년 목돈으로 재테크를 서두르다 자칫 코인과 같은 단기 수익성 상품에 혹해 어렵게 모은 목돈을 잃을 수 있다. 그래서 최소 3년 동안 습관을 들이고 그 이후에 자산으로 부를 축적할 수 있는 관심 있는 방법을 공부하면 된다. 여기서 말하는 자산이란 주식, 부동산을 포함한 금융 상품을 의미한다. 그렇다면 금융 상품만 가입하면 돈이 알아서 모일까? 그럼에도 돈이 지갑에서 새기도 한다. 우리는 밑 빠진 독을 채우기 위해 물을 독에 붓는 것이 아니라 어떻게 물이 새지 않을지 고민해야 한다. 그것이 재테크의 시작이다. 할부 인생이 아닌 일시불 인생을 살아야 한다.

내일은 다르기를 기대하는 너에게

돈 모으는 정답은 없지만

돈 모으는 습관은 있다.

재테크란,

돈을 버는 확실한 방법이 아니라

돈을 벌 수 있는 준비를 하는 과정이다.

EP.8

부러운 친구가 있었다

　대학 시절 모든 친구의 부러움을 한 몸에 사던 친구가 있었다. 철이 없던 내 눈으로 보기에도 늘 화려한 스타일을 자랑했고 브랜드도 항상 대학생이 입기에는 가격 부담이 있을 옷들을 많이 입고 다녔다. 그 나이대에 본인 소유의 자동차를 보유하고 있어 친구들을 태워 근교로 드라이브를 나가기도 했다. 처음에는 부잣집 도련님이라고 생각했다. 학생 신분에 그 정도 소비가 감당 가능한 방법이 쉽게 떠오르지 않았다. 진실과 마주하는 데 오랜 시간이 걸리지 않았다.

　배경을 무시할 정도는 아니었지만, 그의 진짜 배경은

　　　　　　　내일은 다르기를 기대하는 너에게

할부 인생이었다. 미래를 담보로 한 현실을 살고 있었다. 욜로(YOLO)라는 이름의 합리적 명분으로 할부 인생을 연장할 때마다 진심 어린 조언을 건네고는 했지만, 항상 어디 있는지 모를 확신이 있었다. 10여 년이 지나 나지막이 들었던 소문을 통해 미래가 아닌 당장 내일 다가올 하루를 담보로 삯을 받고 살고 있다는 소식만을 들었을 뿐이다. 여전히 할부 인생으로 시작된 악의 고리를 끊어내지 못한 채 말이다.

내가 생산한 결과만을 받아들여야 했던 원시 농경 사회를 지나 화폐라는 가치로 물건을 교환하면서 할부라는 개념도 생겼다. 실제로 구매할 수 있는 현실 가치를 넘어 미래 가치를 빌려 와 소비한다. 결과적으로 할부는 구매 행위를 통해 소유권을 확보하는 것이 아니라 온전한 가치 지급을 하기 전까지 임시로 현재를 빌리는 대여 행위에 가깝다. 자주 애청하는 재테크 관련 인플루언서의 조언 중에 인상 깊었던 말이 있다.

"일시불로 구매할 수 없다면 그것의 주인은 내가 아니다."

단순히 미래 가치를 현재로 끌어오는 문제 외에도 할부 인생에 치명적인 이슈는 대부분 할부의 결과물이 유용성과는 거리가 멀다는 점이다. 할부는 현대인의 과시욕과도 밀접한 상관관계가 있다. 감가율이 높은 고관여 상품의 2030 젊은 층의 판매량은 해마다 증가하고 있다. 심지어 전 세계적인 불황을 몸소 체감하며 점심 한 끼조차 편의점 도시락으로 대신하고 있는 중에도 명품, 외제차, 해외여행 시장은 나 홀로 호황을 누리고 있다.

예외도 있다. 소비재가 아닌 자산으로의 할부다. 소득의 자산 가치로의 전환의 중요성은 여러 번 이야기했던 내용이다. 쌓아 놓은 자산이 직접 노동 외의 소득을 발생하기에 그러하다. 문제는 자산 구매가 편의점에서 삼각김밥 사듯이 즉각적인 만족을 주지 못한다. 소비로 인한 도파민 쾌감을 느끼지 못하니 섣불리 지갑에서 돈을 꺼내기 망설여진다. 자산을 만드는 과정은 마치 사람이 다이어트

내일은 다르기를 기대하는 너에게

를 하고 근육을 붙이며 몸을 만들어 가는 과정과도 유사하다. 하루 이틀 굶고 미친 듯이 운동한다고 결과로 만족하기 어렵다. 불가능하다. 그래서 할부가 필요하다.

할부를 미래 가치를 빌려 오는 관점으로 본다면 미래 자산을 위해 미래 가치를 빌려 오는 개념이니 할부의 부정적 해석에서 벗어나진다. 현금보다 카드 결제가 경제활동의 주요 수단으로 자리 잡으면서 삶을 지탱하는 한 축이 되어버렸다. 너도나도 신용을 담보로 한 할부를 망설이지 않으니, 수요가 증가하고 제도권의 금융사들은 할부제도가 마치 전에 없던 좋은 혜택을 주는 마냥 광고한다. 제품을 생산하는 제조사 역시 자연스럽게 할부를 권한다.

나의 단호한 결심을 비웃듯이 사회적 분위기가 은연중에 할부 인생을 권장하고 있다. 현란한 언변에 속지 말아야 한다. 할부 선택의 순간에 고민하고 의심해야 한다. 남의 돈을 빌려 와서 쓸 만큼 미래가치가 있는지 의심해야 한다.

빌리기 전에

나는 고객이었다.

빌리고 난 후

나는 빚쟁이가 되었다.

내일은 다르기를 기대하는 너에게